Verschmitzte Weihnachten

von

Kurt Schmitz

Amüsante Kurzgeschichten, wie die über einen Zimtstern, der hoch hinaus will, eine Marzipankugel, die sich an Weihnachtsmännern rächt oder ein Weihnachtsmann und ein Engel, die mal etwas Neues ausprobieren möchten.

Unterhaltung mit Ironie, Witz und manchmal einem Schuss Ernsthaftigkeit.

Bereits seit 2006 erfreut der Autor Leserinnen und Leser mit seinen ungewöhnlichen und humorvollen Kurzgeschichten rund um die Weihnachtszeit.

Das Lebkuchenhaus

„Lecker", sagte die Hexe. „Wirklich lecker." Sie hatte sich soeben ein Stück von ihrem Lebkuchenhaus abgebrochen und biss mit Herzenslust hinein. Ihr Mund war schon mit Schokolade verschmiert und an ihren Händen klebte noch der Zuckerguss vom letzten Lebkuchenstück.

In diesem Moment hörte sie Geräusche aus dem Wald. Ein kleiner Junge und ein kleines Mädchen betraten die Lichtung, auf der das Haus der Hexe stand. Es waren Hänsel und Gretel.

Die beiden Kinder starrten die Hexe an. „Was guckt ihr so?", fragte die Hexe die Kinder.

Mit dieser Frage hatten die beiden nicht gerechnet. Sie wussten zwar, dass die Hexe zu Hause sein würde, aber eigentlich müsste sie *in* ihrem Haus sein und *sie* müssten an dem Lebkuchen naschen.

„Aber du musst doch in deinem Haus sein", sagte Hänsel zu der Hexe. „Und du musst fragen ´Knusper, Knusper, Knäuschen. Wer knuspert an meinem Häuschen?", ergänzte Gretel. „Und dann kommst du raus und nimmst uns gefangen."

„Ach, wirklich?", erwiderte die Hexe. „Findet ihr nicht, dass ihr aus dem Alter raus seid, wo ihr euch von mir gefangen nehmen lassen solltet? Wird das nicht langsam ein bisschen albern? Zum Schluss kommt ihr ja doch immer frei und ich bin die Dumme."

Die Hexe biss wieder ein großes Stück von ihrem Lebkuchen ab und kaute genüßlich darauf herum. „Ich spiel da nicht mehr mit", verkündete sie schmatzend.

„Aber das geht nicht!", sagte Hänsel entrüstet. „Das Märchen geht doch so. Wir können doch auch nichts dafür."

Die Hexe wendete sich ab und ignorierte die beiden Kinder.

„Könntest du uns nicht wenigstens ein bisschen gefangen nehmen?", fragte Gretel zaghaft. Sie streckte die Arme nach vorn aus und hielt die Hände über Kreuz zusammen. „Guck mal! Du brauchst mich nur noch festzubinden." Gretel lächelte verlegen. Es war ihr unangenehm, darum betteln zu müssen, von der Hexe gefangen genommen zu werden.

Hänsel schüttelte den Kopf. Also so ging das wirklich nicht. Der Verlauf des Märchens war festgeschrieben und daran hatten sich alle Beteiligten zu halten. Er musste die Hexe irgendwie austricksen.

Schnurstracks ging er auf das Lebkuchenhaus zu und brach sich ein großes Lebkuchenstück ab. „Hier Gretel! Für dich!" Dann brach er noch ein zweites Stück für sich ab. Das wäre doch gelacht, wenn er die Hexe nicht provozieren konnte.

Die Hexe beobachtete Hänsel und sagte dann nur mit vollem Mund: "Nehmt euch nur soviel ihr wollt. Es ist genug da. Mein Haus ist groß genug und hat viele Lebkuchen." Dann musste sie kurz aufstoßen und kaute genüßlich weiter.

Hänsel wurde blass und schaute zu Gretel herüber, die nur mit den Schultern zuckte.

Es musste doch eine Möglichkeit geben, die Geschichte wie in der Vergangenheit fortfahren zu lassen. Er schaute sich um. Dann sah Hänsel den Besen der Hexe, der an dem Lebkuchenhaus angelehnt war. Er ging darauf zu und nahm den Besen in die Hand.

„He, was machst du da?", fragte die Hexe. „Das ist mein Besen! Stell ihn wieder zurück, der geht dich gar nichts an!"

Hänsel wurde aufmerksam. Jetzt wusste er, wie er die Hexe provozieren und sie doch noch dazu bringen konnte, ihn und Gretel einzusperren.

„Hol ihn dir doch!", rief Hänsel und rannte mit dem Besen davon.

Die Hexe sprang auf und rannte Hänsel hinterher. „Na warte Bürschchen! Dich kriege ich schon noch." Die Hexe war sauer.

Hänsel rannte mit dem Besen in der Hand um das Lebkuchenhaus herum. Gretel folgte ihm und die Hexe ebenso.

„Komm doch! Komm doch!", rief Hänsel und rannte auf der Lichtung hin und her. Die Hexe, die ja um einiges älter als die Kinder war, konnte nicht so schnell laufen.

Da beschloss Hänsel langsamer zu laufen, damit die Hexe ihn fangen konnte. Er verlangsamte seine Flucht, aber nur so, dass es noch immer so aussah, als würde er der Hexe davonlaufen wollen. Die Hexe sollte seinen Plan nicht bemerken.

Plötzlich ließ sich Hänsel fallen. Er täuschte vor, gestolpert zu sein. „Autsch. Ich bin gestürzt", schrie er laut auf. „Hilf mir, Gretel! Hilf mir!"

Gretel eilte herbei, doch im gleichen Moment hatte auch die Hexe Hänsel erreicht.

„Hab ich euch!", sagte sie völlig außer Atem. „Ich muss euch wohl doch einsperren."

Hänsel zwinkerte Gretel zu – sein Plan war geglückt.

„Bitte nicht einsperren!", sagte er in einem vermeintlich flehenden Tonfall.

Doch die Hexe zerrte die beiden Kinder geradewegs zu dem großen Käfig, der neben dem Haus stand. Sie stieß Hänsel und Gretel zur Tür hinein und mit einem lauten Krachen schob sie den Riegel vor und drehte den Schlüssel im Schloss herum.

„Jetzt geht die Geschichte endlich weiter", flüsterte Hänsel Gretel zu und die beiden setzten sich zufrieden auf den Boden.

Da schaute die Hexe durch die Gitterstäbe in den Käfig und sagte: „Wenn ihr wieder zur Vernunft gekommen seid, sagt mir Bescheid. Ich lasse euch dann wieder frei." Dann ignorierte sie die beiden wieder und aß einen weiteren Lebkuchen von ihrem Haus auf.

Hänsel musste einsehen, dass sein Plan doch nicht geglückt war. „Dann eben nicht", sagte er resigniert zu Gretel und gab sich geschlagen. „Aber was soll`s. Dann nimmt die Geschichte dieses Jahr eben mal einen anderen Verlauf."

Hänsel rief die Hexe zum Käfig heran und kurz darauf sah man die drei zusammen vor dem Lebkuchenhaus sitzen. „Dieses Jahr gibt es ein Happy End für alle Beteiligten", sagte Hänsel und biss in ein großes Stück Lebkuchen hinein. „Stimmt!", sagte Gretel mit vollem Mund und die Hexe lächelte zufrieden, bevor auch sie sich ein weiteres Stück von ihrem Lebkuchenhaus abbrach und herzhaft zubiss.

Das Fußballspiel

Die kleine Marzipankugel fühlte sich allein gelassen. Da lag sie nun am Rand des großen Fußballfeldes und wusste nicht, zu welcher Mannschaft sie eigentlich gehörte. Die drei Weihnachtsmänner, die sie vor einiger Zeit gefragt hatten, ob sie an dem Fußballspiel teilnehmen würde, konnte sie nirgends entdecken. Auch hatte ihr bisher niemand gesagt, welche Position sie auf dem Spielfeld einnehmen würde.

Sie beschloss, einfach abzuwarten. Sie würde wohl noch früh genug erfahren, wie das Spiel ablaufen würde. Skeptisch schaute sie zur Stadionuhr – merkwürdig, das Spiel würde doch bald beginnen.

Im gleichen Moment hörte die Marzipankugel Posaunen erklingen und die Zuschauer sprangen auf. Ein großes Tor öffnete sich und eine Schar von Weihnachtsmännern in roten Trikots lief winkend in das Fußballstadion ein. Die Marzipankugel freute sich, da war ja endlich ihre Mannschaft. Ein bisschen sauer war sie schon, sie wäre ja auch gern mit ins Stadion eingelaufen. Aber sicher hatte man sie nicht gefragt, da sie langsamer als die Weihnachtsmänner war. Sie zeigte sich großzügig, verzieh den Weihnachtsmännern ihre Vergesslichkeit und rollte langsam auf das Spielfeld zu ihrer Mannschaft.

Fast wäre sie überrannt worden, denn soeben kam noch ein letzter Weihnachtsmann in das Stadion gelaufen. „Hilfe", schrie die kleine Marzipankugel, als der Weihnachtsmann fast über sie gestolpert wäre. „Pass doch auf, wo du hintrittst!"

Der Weihnachtsmann schaute kurz nach unten und lachte. „Ich werde schon aufpassen, wo ich hintrete", sagte er schnippisch und rannte seinen Teamkollegen hinterher.

Die Marzipankugel folgte ihm so schnell sie konnte und erreichte außer Atem endlich die Weihnachtsmänner. „Gut, dass du kommst", sagte einer der Weihnachtsmänner zu der Marzipankugel. „Ohne dich könnten wir ja gar nicht spielen."

Die kleine Marzipankugel reckte sich vor Stolz. „Danke, danke", sagte sie zu dem Weihnachtsmann. „Ich werde mein Bestes geben." Sie zwinkerte dem Weihnachtsmann aufmunternd zu. Dieser schaute jedoch nur verwundert und schüttelte herablassend seinen Kopf.

Zwischenzeitlich war auch das zweite Team, das nur aus Engeln bestand, auf dem Fußballfeld erschienen. Sie hatten es sich nicht nehmen lassen, ihre langen Gewänder zu tragen und sich lediglich die Spielernummern auf die Rückseite ihrer Gewänder aufnähen lassen. Zur Sicherheit hatten sie aber ihre Heiligenscheine in der Garderobe abgegeben.

Der Lebkuchenmann, der heute Schiedsrichter war, betrat das Spielfeld als letzter und ging geradewegs auf die beiden Mannschaften zu, die ihn herzlich begrüßten. Als er sich zu der kleinen Marzipankugel runterbeugte, sagte diese nur freundlich zu ihm: „Guten Tag. Können Sie mir sagen, welche Position ich auf dem Spielfeld einnehme?"

Der Schiedsrichter lachte. „Klar, ich kann dir das sogar zeigen." Er nahm die Marzipankugel und legte sie auf den weißen Punkt in der Mitte des Spielfeldes.

„Häh?", die Marzipankugel verstand nicht. Sie konnte doch unmöglich in der Mitte liegen, wo ihre Mannschaft doch rechts von ihr stand. Sie rollte sich langsam nach rechts, aber der Schiedsrichter gab ihr einen kurzen Kick mit dem Fuß und sie kullerte wieder zu dem weißen Punkt zurück.

Der Marzipankugel wurde übel. Jetzt hatte sie verstanden, warum sie so wichtig für dieses Spiel war. Sie schluckte ein paarmal heftig und schrie dann laut: „HIIIILLLFFEEEE!"

Doch zu spät, im gleichen Moment hörte man den Anpfiff des Schiedsrichters und das Fußballspiel begann.

Zunächst wurde die Marzipankugel nur leicht hin und her gekickt und sie dachte, dass sie ja noch Glück gehabt hätte. Aber als einer der Engel weit ausholte und kräftig zutrat, flog sie in einem hohen

Bogen über das Spielfeld. Als sie endlich wieder gelandet war, sah die Marzipankugel kleine Sterne leuchten und hörte im Geiste die Engel singen.

`Zack`, schon wieder ein Tritt. Ein Engel hatte sie Richtung Tor der Weihnachtsmänner geschossen. Im hohen Bogen flog sie auf das Tor zu, bis einer der Weihnachtsmänner plötzlich hochsprang und versuchte, die Marzipankugel mit dem Kopf vom Tor abzulenken. Für einen Moment sahen sich der Weihnachtsmann und die Marzipankugel geradewegs in die Augen. Der Weihnachtsmann erschrak, duckte sich zur Seite und die Marzipankugel landete geradewegs im Tor der Weihnachtsmänner. „Tooooor, Tooooor, Tooooor", das Publikum war begeistert und die Engel freuten sich über das 1:0.

Die kleine Marzipankugel war stolz auf sich. Sie nickte den Engeln zu, um ihnen ein Zeichen zu geben, dass sie auf ihrer Seite stehen würde. Sie wollte den Weihnachtsmännern eins auswischen. Aber dann fiel ihr mit Schrecken ein, dass sie ja eigentlich unparteiisch sein musste. „Aber wer ist schon unparteiisch?", fragte sie sich und entschied sich dafür, den Engeln zu helfen. Immerhin hätten die Weihnachtsmänner ihr ja sagen können, welche Rolle sie in dem Spiel wirklich haben würde.

Plötzlich wurde es dunkel um die Marzipankugel herum. Einer der Engel hatte seinen Umhang ein Stück hoch gehoben und über die Marzipankugel gelegt, sodass diese nicht mehr zu sehen war. Langsam bewegte sich der Engel auf das Tor der Gegner zu und schob dabei die Marzipankugel vorsichtig vor sich her.

Verwirrung machte sich breit, da niemand mehr die Marzipankugel sehen konnte. Doch als der Engel das Tor der Weihnachtsmänner erreicht hatte, hob er schnell sein Gewand hoch, schoss und: „Tooooor, Tooooor, Tooooor." Die anderen Spieler und vor allem der Schiedsrichter blickten erstaunt zum Tor der Weihnachtsmänner. Tatsächlich, da lag die Marzipankugel im Tor. Wo war sie so plötzlich hergekommen?

Der Lebkuchenmann ließ das Tor Kopf schüttelnd gelten. Er konnte sich nicht erklären, wieso er die Marzipankugel nicht schon vorher gesehen hatte. Aber ihm blieb nicht viel Zeit zum Nachdenken, das 2:0 für die Engel hatte die Weihnachtsmänner wütend gemacht und sie stürmten über das Fußballfeld, als würden sie vom Teufel persönlich gejagt.

Seltsamerweise verfehlten die Weihnachtsmänner sehr oft die Marzipankugel, obwohl sie genau gezielt hatten. Manchmal rollte oder flog sie auch in eine ganz andere Richtung, als sie eigentlich hätte fliegen sollen. Das Spiel der Weihnachtsmänner machte einen sehr chaotischen Eindruck und sie beschuldigten sich gegenseitig dafür.

Die Engel begriffen nach und nach, dass das kein Zufall sein konnte und freuten sich über die unerwartete Hilfestellung der kleinen Marzipankugel. Dankbar gaben sie der Marzipankugel manchmal nur einen leichten Tritt und doch rollte sie dann quer über das ganze Spielfeld, oft zwischen den Beinen der Weihnachtsmänner hindurch in Richtung des gegnerischen Tores.

Es stand 3:0, als der Schiedsrichter die Halbzeit mit einem Pfiff ankündigte.

Fassungslos verließen die Weihnachtsmänner das Spielfeld, während die Engel die Marzipankugel in ihre Mitte nahmen und sich bei ihr für die Unterstützung bedankten. Natürlich unauffällig, damit niemand etwas bemerkte.

Die Halbzeit ging vorüber und auch in der zweiten Spielhälfte wollte die Marzipankugel ihre Leute, wie sie die Mannschaft der Engel jetzt nannte, mit vollem Einsatz unterstützen.

Aber dann geschah es: Die Marzipankugel hatte nicht daran gedacht, dass nach der zweiten Halbzeit die Spielrichtung gewechselt wurde. Sie war bereits auf dem Weg in das Tor der Engel hineinzurollen, als sie den Engel im Tor stehen sah. Entsetzt sah dieser die Marzipankugel an. Sie erschrak. Was sollte sie nun tun? Sie musste sich schnell etwas überlegen. Auf gar keinen Fall sollten die Weihnachtsmänner ein Tor bekommen. Dann fiel ihr etwas ein. Sie verlangsamte ihr Rollen und schleuderte mehrmals hin und her, so als ob irgend etwas sie aus der Bahn geworfen hätte. Dann stoppte sie plötzlich und begann langsam wieder in die entgegengesetzte Richtung zu rollen. Die Weihnachtsmänner waren verwirrt und beobachteten die Marzipankugel, die geradewegs in das Tor der Weihnachtsmänner rollte. „Tooooor."

Die Engel jubelten, doch der Schiedsrichter wurde stutzig: Das konnte doch nicht mit rechten Dingen zugehen. Er unterbrach das Spiel mit einem Pfiff und rief die Spielführer beider Mannschaften zu sich. „Was wird denn hier gespielt?", rief er den beiden Spielführern zu und sah dabei besonders den Engel böse an.

Der Engel erkannte den Ernst der Situation sofort, raffte sein Gewand, spurtete los und erreichte den Schiedsrichter zuerst. Unentwegt redete er nun auf den Schiedsrichter ein, erzählte ihm etwas von Windböen und Gegenwind und schaute ihn hierbei durchdringend mit einer unschuldigen Miene an. Der Weihnachtsmann kam gar nicht erst zu Wort.

Dem Schiedsrichter wurde mulmig, sollte er den Engel etwa falsch verdächtigt haben? Er konnte die Erklärungen für den Richtungswechsel zwar nicht so recht glauben, aber er konnte sich auch nicht vorstellen, dass ein Engel ihm nicht die Wahrheit sagen würde.

Zu guter Letzt ließ der Schiedsrichter das Tor dann doch noch gelten und die Sache auf sich beruhen, obwohl der Weihnachtsmann energisch gegen die Entscheidung protestierte. Aber der Schiedsrichter ließ sich nicht mehr umstimmen und pfiff das Spiel erneut an.

Endlich ging es weiter. Nach einiger Zeit und drei weiteren Toren zu Gunsten der Engel, war das Fußballspiel vorbei.

Die Marzipankugel jubelte. Dank ihrer Hilfe hatten die Engel das Fußballspiel gewonnen. Aber sie nahm sich fest vor, beim nächsten Mal genauer nach ihrer Rolle zu fragen, wenn man sie zur Teilnahme an einem Spiel fragen würde. Wer weiß, was sonst noch auf sie zukommen würde.

Der große Auftritt

Auf dem Parkplatz vor dem imposanten Gebäude waren bereits einige Kamele und Pferde zu sehen, die an hölzernen Pfählen angebunden waren. Dutzende von Schafen liefen in kleinen oder größeren Gruppen über den Platz und wurden von ein paar Hirtenhunden zusammengetrieben.

Es war der Morgen des 24. Dezembers und alle Figuren, die am Abend auf der Weihnachtskrippe ihren Platz einnehmen mussten, hatten sich in dem Gebäude eingefunden.

Hier wurden die Kostüme anprobiert, es wurde geschminkt, geföhnt, gefärbt und auch schon mal geflucht. Denn seit dem letzten Weihnachtsfest war fast ein Jahr vergangen und so manch ein Engel oder Hirte passte nicht mehr in sein Kostüm. Einige der Krippenfiguren hatten es sich im Sommer so gut gehen lassen, dass sie einige Kilo zugenommen hatten. Zum Glück gab es jedoch zwei flinke Schneiderinnen, die die Kostüme weiter oder auch enger machen konnten. Letzteres kam allerdings seltener vor.

„Herein", sagte Maria, als es an ihrer Garderobentür klopfte. Sie schaute zur Tür und Josef trat ein. „Hallo Josef", sagte sie und fuhr gleich fort: „Hast du eine Ahnung, wie viel Zeit wir noch haben? Die Uhr funktioniert nicht mehr." Hierbei schaute sie vorwurfsvoll zur Wanduhr. „Alles geht kaputt und nichts wird ersetzt", fügte sie noch hinzu. „Dabei habe ich extra die Anweisung gegeben, dass meine Garderobe besonders gründlich auf Vordermann gebracht werden muss." Genervt schüttelte sie den Kopf.

„Wir haben noch ein wenig Zeit", erwiderte Josef und zog sich einen Stuhl heran. Er setzte sich neben Maria und schaute sie an.

„Was ist?", fragte sie ihn schnippisch. Josef schwieg. Die anderen Krippenfiguren hatten ihn gebeten, mit Maria über ihr arrogantes Verhalten zu reden, aber jetzt, als er vor ihr saß, brachte er es nicht übers Herz, ihr das zu sagen.

Maria wurde ungeduldig. „Was hast du denn, Josef? Wenn du mir etwas sagen möchtest, dann beeile dich bitte. Ich habe nicht so viel Zeit. Ich muss mir noch die Haare machen und mich schminken. Schließlich muss ich heute Abend toll aussehen."

Sie griff nach dem Kamm und seufzte – jemand hatte ihn nicht an seinen richtigen Platz gelegt. Maria verdrehte die Augen. „Na super!", sagte sie zickig. „Nichts ist da, wo es hingehört." Aufgeregt suchte sie nach ihrem Kamm.

Josef schluckte. Genau das war es. „Maria", begann er vorsichtig, „ich hatte im letzten Jahr schon einmal eine Andeutung gemacht, aber ich glaube, du hast mich nicht richtig verstanden. Es geht an Weihnachten nicht nur um dich. Das Jesuskind ist die Hauptperson in der Krippe. Du bist zu sehr mit dir beschäftigt und nimmst dich zu wichtig. Wir werden hier zwar alle gebraucht, aber ohne Jesuskind würde es die ganze Krippengeschichte gar nicht geben."

Maria lief rot an und schnappte nach Luft. Sie war es gewohnt, dass die anderen über sie tuschelten und hier und da hatte sie auch schon Gesprächsfetzen mitbekommen, dass die anderen sich von ihr genervt fühlten. Einmal hatte sie sogar das Wort „Starallüren" aufgeschnappt, es aber erhobenen Hauptes ignoriert.

„Das Jesuskind soll die Hauptperson sein? Ha! Das ich nicht lache." Maria war aus ihrem Garderobenstuhl aufgesprungen. Ihr Tonfall war jetzt lauter und aggressiver. Sie richtete den Kamm, den sie zwischenzeitlich gefunden hatte, wie einen Degen gegen Josef und blaffte ihn an: „Das Kind kann doch gar nichts. Es liegt doch nur da und starrt stumm an die Decke. Aber jetzt wird mir alles klar. Das ist eine Verschwörung. Ihr wollt mich loswerden." Sie sank auf dem Stuhl nieder. „Ihr seid doch alle nur neidisch", schluchzte sie vor sich hin. „Ohne mich gäbe es das Kind gar nicht, es gäbe keine Krippe und euch bräuchte auch niemand."

Vorsichtig setzte Josef wieder an: „Maria, niemand ist neidisch und niemand will dich loswerden. Du könntest einfach nur ein wenig bescheidener sein", und dann fügte er noch hinzu: „Vor allem solltest du dich nicht immer so in den Vordergrund der Krippe stellen. Du kannst dich doch einfach seitlich neben die Strohkrippe knien, dann können die Leute dich und auch das Jesuskind in der Krippe sehen."

Maria sah auf. Seit Jahren hatte sie sich immer vor die Strohkrippe gekniet. Diesen Platz wollte sie nicht aufgeben. „Ich soll mich seitlich hinknien?", fragte Maria empört. „Kommt gar nicht in Frage!" Josef erwiderte: „Aber wieso denn nicht? Ich stelle mich doch auch seitlich neben die Krippe. Wenn wir beide seitlich stehen und die Strohkrippe befindet sich in der Mitte, können uns die Leute doch alle drei betrachten."

Maria schüttelte den Kopf. „Nein, das kann ich nicht tun! Die Leute sehen mich ja dann gar nicht mehr. Das Licht ist dort zu schlecht. Dann brauche ich mich ja gar nicht erst schön zu machen oder ich könnte mich gleich draußen unter die Schafe mischen." Sie warf die Haare zurück.

„Maria, natürlich sehen dich die Leute noch. Wir können die Strohkrippe ja etwas nach vorn ziehen, dann bist du auch noch im Licht."

Maria beruhigte sich langsam und dachte nach.

„Aber die Geschenke? Wer soll all die Geschenke bekommen? Etwa auch das Jesuskind?"

Josef spürte, dass er jetzt ganz vorsichtig sein musste. „Nein, nein, nimm du nur die Geschenke entgegen. Dafür ist das Kind ja noch zu klein. Du könntest die Geschenke aber vielleicht in der Nähe des Kindes lassen, damit es so aussieht, als hätte das Kind sie bekommen. Das macht sich besser, glaube mir."

Maria grübelte noch nach, aber ihr Gesicht hellte sich wieder auf.

„Na gut", sagte sie nach einiger Zeit. „Ich denke, ich probiere es mal aus und knie mich neben die Krippe. Ich will ja nicht so sein." Mit einer großzügigen Geste richtete sie sich auf und gab Josef so zu verstehen, dass die Diskussion für sie damit beendet war.

Im gleichen Moment leuchtete in der Garderobe ein rotes Licht auf und durch einen Lautsprecher hörte man eine

Stimme knarrend sagen: „Ihr Auftritt bitte! Begeben Sie sich bitte umgehend zu der Krippe!"

Jetzt herrschte auf dem Gang plötzlich hektisches Treiben. Man hörte Türen klappen, Fußtritte und Stimmen erfüllten das Gebäude mit Leben.

Josef schaute Maria an, nickte kurz und ging auf die Tür zu. „Danke", sagte er und war froh, dass die Diskussion so glimpflich verlaufen war. „Ich bin sicher, dass die Menschen dich auch bewundern werden, wenn du seitlich neben der Strohkrippe kniest." Er drehte sich zur Tür und musste grinsen. „Jetzt können mich die Leute wenigstens auch mal besser sehen", sagte er leise vor sich hin. „Ohne mich hätten wir den Stall ja nie gefunden." Dann verließ er mit erhobenem Kopf den Raum.

Der kleine Elch

Wie jedes Jahr kam der Nikolaus zu Weihnachten in den Stall der Elche, um den großen Elch bei seiner Familie abzuholen. Gemeinsam gingen die beiden dann zu der großen Scheune, die sich nicht weit entfernt in einem kleinen Waldstück befand und wo der große Schlitten vom Nikolaus stand. Wie immer beluden sie ihn mit vielen bunten Päckchen und waren schon bald darauf wieder unterwegs, um die Geschenke an die Kinder zu verteilen.

Traurig hatte der kleine Elch seinem Vater und dem Nikolaus hinterher gesehen, als diese hinter der Wegbiegung verschwunden waren. Dann schaute er hinauf in den Sternenhimmel: „Ich will auch mal den großen Schlitten ziehen", sagte er zu seiner Mutter. „Papa darf das ja auch."

„Dein Vater ist aber auch um einige Jahre älter als du und viel stärker", sagte die Mutter. „Wenn du größer bist, darfst du auch den großen Schlitten ziehen."

Der kleine Elch stellte sich auf die

Spitzen seiner Hufe. „Guck mal, Mama, ich bin doch auch schon ganz groß." Er stand sehr unsicher und zitterte vor Anstrengung. Dann fiel er plötzlich um. „Autsch", schrie er laut auf.

Seine Mutter lachte. „Siehst du? Bleibe lieber mit allen Vieren auf dem Boden stehen, dann kann dir so etwas nicht passieren."

Der kleine Elch schaute seine Mutter traurig an: „Wann bin ich denn groß genug, um den Schlitten ziehen zu können?"

Tröstend antwortete seine Mutter: „Das kann noch ein paar Jahre dauern. Aber du solltest nicht traurig sein. Schlitten ziehen ist ja auch eine schwere Arbeit und nicht nur Spaß. Also sei froh, dass es noch etwas dauert. Und jetzt ab ins Stroh mit dir und schlafen. Es ist schon spät."

„Aber ich will wenigstens mal gucken gehen", sagte der kleine Elch. Seine Mutter schüttelte aber nur den Kopf: „Ab ins Stroh mit dir! Und keine Diskussionen mehr, verstanden?"

Der kleine Elch gab ungern auf, aber dann wünschte er seiner Mutter eine Gute Nacht und legte sich nieder. Doch er konnte nicht einschlafen. Viele Gedanken kreisten in seinem Kopf herum: Wie viele Jahre sollte er noch warten, bis er mitgehen durfte und was sollte er denn so lange tun? Bis dahin würde er es ja kaum noch aushalten. Er dachte nach und dachte nach und dann wusste er es. Auch wenn seine Mutter es ihm verboten hatte: Er wollte wenigstens einmal sehen, wie sein Vater den Schlitten zog. Er wusste, dass der Nikolaus nicht weit entfernt wohnte, wo genau, das wusste er nicht. Aber das konnte ja nicht so schwer zu finden sein.

Vorsichtig schaute der kleine Elch zu seiner Mutter herüber. Sie lag nicht weit entfernt von ihm im Stroh und schnarchte. Sie war also fest eingeschlafen und würde vorerst nicht aufwachen. Da müsste schon der Stall einstürzen, aber selbst dann war es fraglich, ob sie aufwachen würde. Seine Mutter hatte wirklich einen sehr tiefen Schlaf.

Sicherheitshalber stand er aber trotzdem

leise auf und schlich zur Stalltür, öffnete diese langsam und ging nach draußen. Drinnen schnarchte seine Mutter noch immer eindringlich. Sie hatte also wirklich nichts mitbekommen.

Jetzt konnte es also losgehen. Der kleine Elch rannte zum Tor des Geheges und trat vorsichtig dagegen. Das Tor schwang langsam auf. „Hurra", sagte der kleine Elch ganz leise. „Jetzt brauche ich nur noch die Scheune zu finden und dann bin ich bald wieder zurück." Dann ging er los.

Kurze Zeit später hatte er die Wegbiegung erreicht, an der er seinen Vater und den Nikolaus das letzte Mal gesehen hatte. Der kleine Elch stutzte. Hinter der Biegung teilte sich der Weg und er wusste nicht, wohin die beiden Wege jeweils führten. Dann fiel ihm ein, im Schnee nach Fußspuren zu suchen. Doch es war zu dunkel und der kleine Elch konnte keine Fußspuren entdecken. Er dachte nach. „Wozu habe ich denn meinen Instinkt?", fiel ihm plötzlich ein. Er schaute sich beide Wege genau an. Erst schaute er nach rechts und dann schaute er nach links. Und jetzt war er sich sicher:

er musste nach rechts gehen. Doch der Instinkt von dem kleinen Elch war noch nicht so gut ausgeprägt und so schlug er zielstrebig den falschen Weg ein. Geradewegs steuerte er nun auf das nächstgelegene Dorf zu.

Überrascht näherte er sich nach einer Weile den ersten Häusern. „Komisch", sagte der kleine Elch zu sich selbst, „hat der Nikolaus so viele Häuser? Ich dachte immer, er würde alleine leben." Doch er ließ sich nicht irritieren und schlich sich an den dunklen Häusern vorbei in Richtung des Dorfplatzes. Irgendwo musste sein Vater ja sein.

Plötzlich erkannte er in der Ferne einen Elch. „Da! Da ist er!", rief er und rannte los. Er war ganz aufgeregt und wäre fast auf der mit Schnee bedeckten Straße ausgerutscht. „Da ist mein Papa! Da ist mein Papa!", rief er die ganze Zeit, während er sich dem Elch näherte.

Dann stand er vor ihm und schaute ihn an. „Du bist ja gar nicht mein Papa", sagte er enttäuscht zu dem Elch, den er vorher noch nie gesehen hatte. „Weißt du, wo mein Papa ist?" Der Elch antwortete nicht.

Der kleine Elch räusperte sich. „Ähm, Entschuldigung, ich suche meinen Papa. Weißt du, wo er ist? Er sieht irgendwie aus wie du, aber eigentlich auch ganz anders." Der kleine Elch hoffte, dass er sich höflich und deutlich ausgedrückt hatte.

Doch er erhielt keine Antwort.

„Warum willst du mir denn nicht helfen?", fragte der kleine Elch nachdrücklich und schaute den großen Elch provozierend an. Irgendwie musste es doch möglich sein, diesen Elch zu einer Antwort zu bewegen. Doch nichts geschah. Der kleine Elch überlegte und begann plötzlich heftig zu schluchzen: „Ich will zu meinem Papa. Ich habe meinen Papa verloren." Er senkte den Kopf und presste eine Träne hervor. „Oh ich armer kleiner Elch. Ich werde meinen Papa nie wieder sehen." Dann warf er sich zu Boden: „Kann mir denn niemand helfen? Buhu." Er unterdrückte seine Stimme etwas, damit es sich anhörte, als könnte er aus Verzweiflung kaum noch sprechen. Bei seiner Mutter hatte das immer gewirkt.

„Oh, wie schrecklich ist das alles", fuhr er fort. „Mein Papa wird ganz traurig sein und mich schon überall suchen. Was soll er nur meiner Mutter sagen?" Er schluchzte ganz heftig und schüttelte sich mehrmals kurz. So hatte es den Anschein, als hätte der kleine Elch einen Weinkrampf bekommen.

Doch der große Elch reagierte immer noch nicht.

Wütend stand der kleine Elch auf, stellte sich vor den großen Elch hin und sagte: „Dann brauchst du mir eben nicht zu helfen. Ich finde meinen Papa auch ohne dich! Steh doch einfach weiter hier in der Gegend herum und starre in die Luft!"

Der kleine Elch schnaufte kräftig und drehte sich um. Vor Wut verlor er dabei das Gleichgewicht und stolperte über das linke Vorderbein des großen Elchs.

Es krachte und das Vorderbein des großen Elchs fiel in den Schnee.

Erschrocken schrie der kleine Elch auf

und machte ein paar riesige Sprünge zur Seite. Er schrie: „Oh je, Verzeihung, das wollte ich nicht. Tut mir leid." Dann fragte er kleinlaut: „Soll ich dir dein Bein wieder zurückbringen?"

Doch der große Elch reagierte wieder nicht.

Jetzt wurde der kleine Elch aber stutzig. Wieso reagiert der große Elch denn nicht, selbst wenn sein ganzes Bein abfällt? Er hätte doch wenigstens schimpfen müssen.
Der kleine Elch nahm seinen ganzen Mut zusammen und näherte sich vorsichtig wieder dem großen Elch. Er stellte sich dicht vor ihn hin. „Du atmest ja gar nicht", sagte der kleine Elch leise. Vorsichtig schubste er den großen Elch mit seiner Nase an. Dann fester und immer fester.

Plötzlich schwankte der große Elch zur Seite und fiel krachend um. Mit drei nach oben gestreckten Beinen lag der große Elch nun im Schnee.

Erstaunt blickte der kleine Elch auf den großen Elch hinunter. „Ich glaube, du bist gar nicht echt", sagte er zaghaft und fügte leise noch hinzu: „Oder?"

Aber er bekam keine Antwort. „Puh, du bist nicht echt. Du bist wirklich nicht echt!" Erleichtert hüpfte der kleine Elch im Schnee hin und her. Dann schaute er sich um. Im Mondschein konnte er nach und nach mehr Weihnachtsfiguren erkennen, die die Bewohner aus dem Dorf aus Pappmachè und Sperrholz nachgebaut und angemalt hatten. Die Weihnachtsfiguren sahen teilweise so echt aus, dass der kleine Elch aus dem Staunen nicht mehr herauskam.

„Na, da bin ich ja schön reingefallen", sagte er zu sich selbst. „Aber jetzt muss ich los und meinen Papa suchen!" Der kleine Elch marschierte wieder los. Aber dann erschrak er. Er hatte die Orientierung verloren. Er lief zunächst in die eine Richtung und als ihm der Weg unbekannt vorkam, rannte er zurück in die andere Richtung. Doch auch hier sah es anders aus, als er erwartet hatte. Er bekam es mit der Angst zu tun und zitterte. Wie sollte er jetzt wieder nach Hause finden? Verwirrt rannte er auf dem Marktplatz hin und her.

Plötzlich hörte er kleine Glöckchen in der Ferne klingeln und er sah einen großen Schlitten am Himmel entlangfliegen.

„Papa! Papa!", rief der kleine Elch ganz aufgeregt. „Ich bin hier. Siehst du mich? Ich bin hier, hier unten!" Der kleine Elch schrie immer lauter und lauter und rannte hin und her. Plötzlich stoppte der Schlitten, änderte die Richtung und landete mitten auf dem Dorfplatz. „Was machst du denn hier?", fragte der Vater seinen Sohn erstaunt und dieser erzählte ihm aufgeregt, was er alles erlebt hatte.

Der Vater und der Nikolaus mussten laut lachen. „Da wird deine Mutter aber ganz schön böse sein, wenn sie merkt, dass du abgehauen bist. Aber komm, wir fliegen dich schnell nach Hause. Dann schläft sie vielleicht noch und merkt nicht, dass du fort warst."

Glücklich stieg der kleine Elch in den Schlitten und setzte sich gleich neben den Nikolaus. Er war glücklich, eigentlich wollte er ja nur mal sehen wie sein Vater den Schlitten zog und jetzt durfte er sogar auf dem Schlitten mitfliegen.

In Windeseile hatten die drei den Stall der Elche erreicht und nachdem der Nikolaus noch eine Ehrenrunde über dem Gehege gedreht hatte, setzten sie den kleinen Elch ab. „Bis morgen, Papa", rief er seinem Vater noch leise hinterher, als der Schlitten sich wieder in die Lüfte erhob. Dann schlich er sich vorsichtig an seiner noch immer schnarchenden Mutter vorbei zu seinem Strohlager und schlief erschöpft aber glücklich und zufrieden ein.

Der Zimtstern

Traurig blickte der Zimtstern nach oben in den Sternenhimmel.

Der Weihnachtsteller, in dem er lag, stand direkt am Küchenfenster und Nacht für Nacht starrte der Zimtstern nach oben in den Himmel und bewunderte die Sterne. Seit er aus seiner dunklen Verpackung herausgeholt worden war und die Sterne gesehen hatte, hatte er kein Auge mehr zugetan.

„Ach, ich würde auch gern mal vom Himmel herunter leuchten", sagte er vor sich hin und seufzte. „Wäre das schön."

Die anderen Weihnachtsgebäcke sorgten sich schon sehr um ihn. Der Zimtstern tat ihnen so leid. Aber wie hätten sie ihm helfen können? Der Himmel war doch so weit weg und wie hätte er leuchten sollen?

Dann rief einer der Weihnachtskekse eine Versammlung ein. Und sie kamen alle: die Printen, der Spekulatius, die Nüsse, die Dominosteine und auch die Pfefferkuchen. Sie wollten an diesem

Abend gemeinsam überlegen, wie sie dem Zimtstern helfen könnten.

„Ruhe bitte!", sagte der Weihnachtskeks. „Wir haben ein Problem zu lösen und ich möchte, dass sich jeder Gedanken darüber macht, wie wir dem Zimtstern helfen können."

Die wildesten Vorschläge wurden gemacht, aber keine Idee schien die Richtige zu sein.

Da meldete sich einer der Dominosteine zu Wort: „Warum muss der Zimtstern denn in den Sternenhimmel? Können wir ihm nicht einfach helfen, an die Spitze des Weihnachtsbaumes zu gelangen? Dann wäre er doch auch ganz weit oben und das käme dem Himmel doch schon sehr nahe."

Plötzlich waren alle aufgeregt. Sie tuschelten miteinander und nickten zustimmend.

Selbst der Zimtstern, der während der Versammlung immer ruhiger und trauriger geworden war, blickte auf. Der Weihnachtsbaum? Ja, das wäre auch eine Idee. Zumindest hätte er dann mal ein Gefühl dafür, wie es wäre, von oben herunter zu schauen. Leuchten würde er zwar dadurch nicht, aber man konnte eben nicht alles haben.

„Ich würde gern auf die Weihnachtsbaumspitze hoch", sagte der Zimtstern zu den anderen. Er war ganz aufgeregt aber auch skeptisch. „Aber wie soll ich denn da hochkommen?", fragte er die Anwesenden.

„Wenn wir alle zusammenhalten, schaffen wir das schon!", sagte der Weihnachtskeks und die anderen stimmten ihm jubelnd zu.

Am nächsten Abend trafen sich alle vor dem hell erleuchteten Weihnachtsbaum. Sie schauten nach oben.

„Oh je, hoffentlich haben wir da nicht zu viel versprochen", sagte der Weihnachtskeks. Auch die anderen blickten etwas verunsichert, denn der Baum kam ihnen riesig vor.

Der Zimtstern zitterte vor Aufregung. Aber er hatte sich fest vorgenommen, nach oben zu klettern.

„Wir helfen dir so gut wir können", rief eine der Weihnachtskugeln von oben herunter. „Leider sind wir aber an unseren Halterungen festgemacht, sonst könnten wir dir entgegen kommen."

Der Zimtstern bedankte sich bei allen, die ihm helfen wollten und ihm Mut zuredeten und machte sich an den Aufstieg.

Zunächst bauten die Dominosteine eine Treppe, indem sie sich aufeinander stapelten. Auf diese Art und Weise konnte der Zimtstern den unteren Teil des Baumstammes ganz leicht bewältigen. Als er am oberen Ende der Treppe angekommen war, blickte er sich nochmals zu den anderen um. Er winkte ihnen dankbar zu und die anderen winkten ihm aufmunternd zurück. Jetzt ging es also wirklich los. Der Zimtstern holte dreimal tief Luft und streckte seine Arme aus. Er zog sich am ersten Zweig nach oben. Geschafft! Das schien ja einfach zu sein.

Vorsichtig stellte er sich wieder auf und

griff nach dem nächsten Zweig, der über ihm war. „Zum Glück ist der Baum sehr dicht", dachte der Zimtstern, als er auf dem folgenden Zweig angekommen war.

Auch den dritten und vierten Zweig erreichte er noch mühelos. Aber jetzt war der Abstand zwischen den Zweigen etwas größer. „Was mache ich jetzt nur?", fragte sich der Zimtstern. „Benutze die Lichterkette!", rief eine der Weihnachtskugeln, die gesehen hatte, dass der Zimtstern nicht weiter kam. „Gute Idee", rief der Zimtstern zurück und rutschte vorsichtig auf die Mitte des Zweiges zu, wo er nach der Lichterkette griff. Mühsam hangelte er sich zum nächsten Zweig empor. Von dort aus konnte er mühelos wieder mehrere Zweige weiter nach oben klettern. Ein paar Weihnachtskugeln, die er auf seinem Weg traf, wünschten ihm viel Glück und der Zimtstern war sich sicher, dass er es schaffen würde.

Wieder war er ein paar Zweige nach oben geklettert, als er eine kurze Pause machen wollte. Er schätzte, dass er bereits die Hälfte des Baumes geschafft hatte. Er holte tief Luft, denn das Klettern strengte ihn sehr an.

Dann schaute er sich um: Von hier aus würde er sich wieder an der Lichterkette hochziehen müssen. Wieder rutschte er auf die Mitte des Zweiges zu. Da geschah es! Er verlor das Gleichgewicht, rutschte ab und fiel nach unten. Der Zimtstern schrie auf. Verzweifelt versuchte er, nach den Zweigen zu greifen. Aber er konnte keinen Halt finden und fiel immer tiefer. „Das ist das Ende", schrie der Zimtstern entsetzt. Doch plötzlich wurde sein Fall gestoppt. Ein Strohstern war hin und her geschwungen, bis seine untere Hälfte über einem der Tannenzweige hängen geblieben war. In dieses Sprungnetz war der Zimtstern nun hineingefallen. Erleichtert schaute sich der Zimtstern um und erholte sich langsam wieder von dem Schreck. Dann stand er auf und balancierte vorsichtig zurück zu den Zweigen. „Vielen Dank, dass du mich gerettet hast", sagte er zu dem Strohstern. „Aber das habe ich doch gern getan", antwortete dieser. „Schließlich sind wir ja irgendwie verwandt. Aber jetzt sieh zu, dass du weiter kommst, du hast viel Zeit verloren. Gutes Gelingen!"

Der Zimtstern machte sich wieder auf den Weg. Er war frustriert, da er einige Zweige wieder neu erklimmen musste, auf denen er vorher schon gewesen war. Aber zumindest wusste er jetzt schon, wie er am leichtesten vorwärts kam.

Es mussten schon einige Stunden vergangen sein und die anderen Weihnachtsgebäcke begannen sich Sorgen um den Zimtstern zu machen, da er noch immer nicht auf der Spitze des Weihnachtsbaumes zu sehen war.
Endlich erreichte der Zimtstern die obersten Zweige des Baumes. Er schaute nach unten und ihm wurde ganz schwindelig. „Du liebe Zeit ist das tief. Gut, dass es nicht noch höher geht. Ich glaube, diese Höhe reicht mir."

Er drehte sich um. Vor sich sah er nun die silberne Christbaumspitze, die auf den Weihnachtsbaum aufgesteckt war und die ihn verwundert anschaute. „Was machst du denn hier oben?", wollte sie wissen. „Hier oben hast du doch gar nichts verloren." Von der Versammlung am Abend zuvor schien sie nichts mitbekommen zu haben.

„Hallo Christbaumspitze. Ich wollte nur mal wie ein Stern von oben herunter schauen", antwortete der Zimtstern unsicher.

Die Christbaumspitze lachte. Das hatte sie noch nie erlebt. Ein Zimtstern auf der Spitze eines Weihnachtsbaumes.

„Und was mache ich jetzt? Soll ich jetzt etwa nach unten klettern?", fragte sie verwundert. „Für uns beide ist hier oben doch gar kein Platz."

Der Zimtstern wurde traurig und sagte: „Jetzt habe ich den mühsamen Weg bis hier oben hin gemacht und kann doch nicht auf die Spitze rauf." Der Zimtstern war enttäuscht.

„So war das doch nicht gemeint", sagte die Christbaumspitze tröstend. „Ich kann nur nicht weg von hier oben. Ich bin doch festgesteckt worden. Aber du könntest versuchen, dich auf meine oberste Spitze zu setzen, dann bist du ganz oben. Aber sei vorsichtig, dass du mich nicht zerkratzt!"
Der Zimtstern fasste wieder Mut. Das musste doch zu schaffen sein. Er

kletterte auf die Christbaumspitze zu und zog sich langsam weiter nach oben. Er rutschte ein paar mal aus, aber seine Hände ließen nicht locker, bis er schließlich oben angekommen war. Atemlos aber glücklich setzte er sich auf die Christbaumspitze und blickte nach unten. War das hoch!

Ganz unten konnte der Zimtstern das andere Weihnachtsgebäck sehen, das ihn noch nicht bemerkt hatte. Er stellte sich vorsichtig hin, blieb mitten auf der Christbaumspitze stehen und schaute nach unten. Irgendwann mussten sie ihn doch sehen.

In diesem Moment leuchtete der Mond so stark durch das Fenster, dass er den Zimtstern ganz hell erstrahlen ließ.

„Schaut da oben!" Ein Dominostein hatte den Zimtstern auf der Spitze des Weihnachtsbaumes als erstes entdeckt. Alle schauten mit aufgerissenen Augen hinauf und staunten. „Und wie schön er leuchtet", sagte der Weihnachtskeks und konnte seine Rührung kaum verbergen. Plötzlich begannen alle so laut zu jubeln und zu applaudieren, dass es auch der

Zimtstern hören konnte. Dieser freute sich sehr und war stolz darauf, dass er es geschafft hatte.

Die Sternsinger

Sie hatten sich freiwillig gemeldet. Hans, Klaus und Stefan wollten in diesem Jahr die Sternsinger sein. Am 6. Januar wollten sie von Haus zu Haus ziehen, um die Menschen mit einem Lied und einem Gedicht an den Tag zu erinnern, an dem die Heiligen Drei Könige in Bethlehem das Jesuskind besucht und beschenkt hatten.

Besonders die Sache mit den Geschenken reizte die drei Jungen ungemein. Bekam man nicht als Heilige Drei Könige viele Süßigkeiten von den Leuten, die man besuchte? Doch, da waren sie sich ganz sicher. Die drei Jungen vom letzten Jahr hatten ihnen davon erzählt und ihnen damit die Entscheidung erleichtert, diese Aufgabe zu übernehmen.

Pünktlich trafen die drei vor dem Pfarrhaus ein, um ihre Kostüme in Empfang zu nehmen. Der Pfarrer war sehr überrascht, hatte er die Jungen doch vorher noch nie pünktlich erlebt. Zu den Proben für das gemeinsame Lied und die Gedichte waren die drei grundsätzlich zu spät erschienen.

Aber was sollte es, Hauptsache war, dass sie da waren und diese Aufgabe übernehmen wollten. Vielleicht war ihr Charakter ja viel besser, als man sich im allgemeinen von ihnen erzählte.

„Hier, das ist dein Kostüm." Der Pfarrer gab Hans ein langes Gewand, eine Krone und einen Stab. Das Gewand schimmerte in vielen Farben und sah sehr edel aus. Die Krone war mit künstlichen bunten Edelsteinen besetzt und glänzte im Licht einer Deckenleuchte. „Du bist der Balthasar", sagte der Pfarrer zu Hans.

„Klaus, das sind deine Sachen. Hier, probier sie mal an." Klaus sollte den Melchior darstellen. Der Pfarrer war froh, auch Klaus passten die Sachen sofort. Genau wie Hans trug auch er ein langes Gewand und eine Krone. Sein Gewand war jedoch dunkelrot und er hatte eine goldene Schnur, die als Gürtel diente. Die Krone zu seinem Kostüm war ebenso goldfarben. Zu seiner Ausstattung gehörte noch ein langer Stab, auf dem ein Stern festgesteckt war.

Hans und Klaus sahen irgendwie vornehm aus. Voller Stolz betrachteten sie sich im Spiegel.

„So, dann bist du der Caspar", sagte der Pfarrer zu Stefan. „Komm her, hier ist dunkle Farbe. Wir müssen dich noch schminken."

Stefan stutzte: „Wieso schminken? Davon hat keiner was gesagt." Stefan schaute den Pfarrer an.

„Natürlich müssen wir dich schminken. Caspar hatte doch eine dunkle Hautfarbe." Der Pfarrer stemmte die Arme in seine Hüften. „Komm schon her und stell dich nicht so an! Sonst kannst du nicht mitgehen."

Hans und Klaus schoben Stefan nach vorn zum Pfarrer, der auch gleich anfing, Stefan das Gesicht dunkel zu schminken.

Stefan fühlte sich elend. Was man nicht alles tun musste, um Süßigkeiten zu bekommen. Dafür wollte er aber dann den größeren Anteil an den Süßigkeiten bekommen, das musste den beiden anderen klar sein.

„So, jetzt noch die weiten Hosen und das Hemd und dann den Turban."

Stefan schaute in den Spiegel und erstarrte. So sollte er auf die Straße gehen? „Nein! Nein! Nein! Auf gar keinen Fall verlasse ich so das Haus. Ich sehe ja völlig albern aus", protestierte Stefan. „So gehe ich nicht zu den Leuten!"

„Beruhige dich", sagte Hans. „Die Leute erkennen dich doch gar nicht. Du bist doch viel zu gut geschminkt und perfekt verkleidet." Hans redete auf Stefan ein und Klaus nickte zustimmend.

„Geht ihr jetzt oder nicht?", wollte der Pfarrer wissen. „Es wird Zeit."

„Ja, ja, wir gehen ja schon", rief Klaus. „Hier Stefan, da hast du den Behälter mit dem Weihrauch. Das Harz glüht schon ordentlich."

Klaus reichte Stefan eine Blechdose, die mit verschiedenen Harzen gefüllt war, die beim Verglühen nach Weihrauch rochen. Stefan rümpfte die Nase. Auch das noch – sich Süßigkeiten zu verdienen war wirklich nicht so einfach.

Aber er fügte sich seinem Schicksal, griff nach den langen Schnüren, an denen die Blechdose mit dem Weihrauch befestigt war und zog mit den beiden anderen los, um seinen Dienst als Sternsinger anzutreten.

Kurz darauf hatten die drei das erste Haus erreicht. Sie klingelten und wurden gleich in das Wohnzimmer der Familie geführt. Hier stellten sie sich vor den Weihnachtsbaum, sangen gemeinsam ein Lied und jeder sagte sein Gedicht auf. Zum Schluss schwenkte Stefan so kräftig mit der Blechdose, dass das Wohnzimmer sich schnell mit Weihrauch füllte. Die Familie beobachtete irritiert die Rauchwolken, bedankte sich dann schnell bei den dreien, steckte ihnen Süßigkeiten zu und schob die drei dann zur Tür, damit nicht das ganze Haus nach Weihrauch roch. Vor der Haustür angekommen, schrieb Klaus noch mit Kreide C + M + B sowie die Jahreszahl auf die Haustür und dann zogen sie weiter zum nächsten Haus.

Nach einiger Zeit hatten sie schon eine ganze Tüte voll mit Süßigkeiten und kleinen Geschenken gesammelt. Stefan musste lachen: „Wie schnell uns die Leute wieder aus dem Haus haben wollen, wenn ich kräftig mit der Weihrauchdose schwenke." Er dachte kurz nach. „Wenn ich schon im Eingang kräftig mit dem Weihrauch schwenke, brauchen wir vielleicht gar nicht zu den Leuten rein zu gehen und die Leute geben uns die Süßigkeiten so", sagte er zu den beiden anderen.

„Meinst du wirklich?", fragte Klaus. „Wir können es ja mal versuchen. Mir tun schon die Füße weh vom vielen Laufen und Stehen. Füll doch noch etwas Harz in die Blechdose", sagte er zu Stefan, der die Blechdose gleich bis obenhin auffüllte und kräftig reinpustete, um die Glut anzufachen.

Kurz darauf erreichten sie das nächste Haus. Hans klingelte und ein Ehepaar mittleren Alters öffnete ihnen. „Wir sind die Heiligen Drei Könige", sagten die drei gleichzeitig und Stefan schwenkte mit der Blechdose so kräftig er konnte. Der Duft von Weihrauch war sehr intensiv, aber er konnte das Ehepaar nicht davon abhalten, die drei herein zu bitten. „Kommt herein, Jungs. Der Weihrauch riecht ja toll." Gemeinsam betraten alle das kleine Wohnzimmer, in dem der Weihnachtsbaum stand. Die Heiligen Drei Könige stellten sich davor, sangen ihr Lied und sagten ihre Gedichte auf. Stefan wurde nicht müde, die Blechdose zu schwenken, sodass schon nach kurzer Zeit im Wohnzimmer kaum noch etwas zu erkennen war. Klaus begann zu husten und ihm tränten die Augen.

Stefan wurde mit einem mal ganz blass. „Ich glaube, wir sind fertig!", sagte er plötzlich und rannte ohne ein weiteres Wort zu sagen oder sich zu verabschieden zur Haustür raus. Vom vielen Weihrauch war ihm ganz schlecht geworden. Auch Klaus und Hans waren nicht mehr aufzuhalten und folgten ihm sofort. Ihnen war der Duft vom Weihrauch auch zu viel. Irritiert und verwundert schaute das Ehepaar den dreien hinterher. „Komisch. Früher konnten die Heiligen Drei Könige nicht genug Süßigkeiten bekommen und man wurde sie kaum noch los. Und heute wollen sie gar nichts haben, sondern verlassen gleich wieder das Haus. Merkwürdig, sehr merkwürdig."

Die drei Jungen liefen so schnell sie konnten auf die Straße und holten erst einmal tief Luft.

Plötzlich vernahmen sie aus dem Haus einen lauten Heulton. „Hört ihr, was ich höre?", fragte Hans die beiden anderen. „Ich glaube, im Haus hat sich der Rauchmelder eingeschaltet."

Die drei mussten lachen. „Na, super, das hat ja toll funktioniert", sagte Stefan und setzte sich auf den Gehweg. „Mir ist ganz schlecht von dem vielen Rauch."

„Das sieht man. Du bist trotz der Schminke ganz blass geworden", lachte Klaus los und bekam einen Hustenanfall.

„Los! Kommt weiter", sagte Hans. „Ich möchte fertig werden und dann schnell wieder nach Hause. Langsam müssten wir ja auch genug Süßigkeiten haben. Wir könnten ja das ein oder andere Haus auslassen", meinte er noch, „dann geht es schneller."

„Gute Idee. Lasst uns nur noch jedes dritte Haus besuchen. Das dürfte ja reichen", sagte Stefan und stand wieder auf. „Auf geht's!"

Sie klingelten wieder an einer Haustür. Nichts geschah. „Klingle noch mal", sagte Hans zu Klaus und dieser drückte fester auf die Klingel. Wieder nichts. „Aber ich sehe doch Licht im Wohnzimmer", sagte Stefan und versuchte, etwas durch die Scheibe zu erkennen. „Hm, merkwürdig. Vielleicht sind die Leute ja eingeschlafen. Klingle doch mal etwas länger."

Klaus drückte auf die Klingel und ließ den Klingelknopf nicht mehr los. „Na, das muss man jetzt aber hören", lachte er.

Plötzlich öffnete sich im ersten Stock ein Fenster. „Habe ich euch endlich erwischt!", schrie eine alte Frau heraus, die sich genau an die Gesichter der drei erinnern konnte. Und noch ehe diese sich in Sicherheit bringen konnten, hatte die alte Frau einen Eimer Wasser aus dem Fenster gekippt. `Platsch` machte es und das Wasser ergoss sich über die drei Jungen. Triefend nass rannten sie so schnell wie möglich davon.

Die alte Frau rief ihnen hinterher:

„Verschwindet und lasst euch hier nicht mehr blicken! Den ganzen Sommer über habt ihr mich mit dem Klingelalarm schon geärgert. Ich habe euch genau erkannt, da könnt ihr euch verkleiden wie ihr wollt. Jetzt reicht es mir!" Mit einem lauten Krachen wurde das Fenster zugeworfen.

Wie begossene Pudel standen die Jungen wieder auf der Straße. Glücklicherweise war es nicht so kalt, aber nass wie die drei waren, konnten sie unmöglich weitergehen. „Wir machen Schluss für heute", sagte Klaus. „Süßigkeiten dürften wir ja genug haben." Er schaute Hans an. Doch dieser schüttelte nur den Kopf. Auf der Flucht hatte er die Tüte mit den Süßigkeiten vor dem Haus fallen gelassen. Ratlos schauten sich die drei an. Dann wollte Klaus etwas zu Hans sagen, aber dieser schüttelte gleich den Kopf: „Wenn du die Sachen haben willst, musst du sie selber holen." Auch Stefan schüttelte den Kopf: „Ich geh auch nicht zurück. Mir ist schlecht und ich habe die Nase voll." Aber Klaus wagte es auch nicht, wieder zurück zu dem Haus mit der alten Frau zu gehen, um die Süßigkeiten einzusammeln. Enttäuscht machten sich die drei zurück auf den Weg zum Pfarrhaus.

„Nie wieder", hörte man Stefan sagen und die anderen nickten.

Das hatten sie sich doch alles irgendwie anders vorgestellt.

Die Verabredung

Als der Engel vor zwei Stunden aus der Badewanne gestiegen war, in der er ein ausgiebiges entspannendes Bad genommen hatte, trocknete er sich sorgfältig ab und cremte sich von Kopf bis Fuß ein. Danach ging er auf sein Zimmer, setzte sich vor den Schminktisch und begann, sich die blonden Locken aufzudrehen und zu föhnen.

Hiernach begann er, sich zu schminken. Zunächst die Augen, dann die Lippen und zum Schluss wurden noch Rouge und Puder aufgetragen. Der Engel war zufrieden mit sich. Sollten die anderen doch denken, was sie wollten.

Heute wollte er besonders gut aussehen.

Schon seit einer Woche hatte er die heutige Verabredung und der Engel war sehr aufgeregt. Den anderen gegenüber versuchte er aber, sich nichts anmerken zu lassen. Sie waren von Anfang an gegen die Verabredung gewesen. Aber das war sicher nur der blanke Neid. Sie hatten ja noch nie eine Verabredung gehabt.

„Willst du wirklich zu der Verabredung gehen?", fragte einer der Engel, der soeben an dem Zimmer vorbeigekommen war und in der offenen Tür stehen blieb.

„Klar gehe ich hin", antwortete der blonde Engel nur flüchtig und konzentrierte sich auf eine Locke, die einfach nicht richtig sitzen wollte.

„Ich weiß nicht, ob das gut ist. Wir Engel waren immer unter uns und sind doch für alle da", sagte der andere Engel.

Der blonde Engel verdrehte die Augen. „Ich möchte mir diese Chance nicht entgehen lassen. Wann hat unsereins schon mal eine Verabredung?" Er versuchte, den anderen Engel zu ignorieren.

„Ich kann dich ja irgendwie verstehen", sagte dieser, „aber denkst du denn, dass er der Richtige für dich ist?"

„Aha, daher weht der Wind!", dachte der blonde Engel und antwortete: „Woher soll ich das wissen, wenn ich ihn nicht richtig kennen gelernt habe?" Er schaute in den Spiegel und erschrak.

Durch das Föhnen war er ins Schwitzen gekommen und einige Schweißperlen hatten sich auf seiner Stirn gebildet. „Oh nein! Das kann doch wohl nicht wahr sein", sagte er laut zu sich selbst. „Ich glänze ja wie eine Weihnachtskugel." Er griff nach einem Papiertaschentuch und begann vorsichtig, sich die Schweißperlen abzutupfen. Den anderen Engel, der zwischenzeitlich ins Zimmer eingetreten war, herrschte er nur kurz an: „Siehst du denn nicht, dass du mich nur störst? Ich kann mich überhaupt nicht richtig konzentrieren."

„Aber ich meine es doch nur gut mit dir", sagte der Engel. „Und vor allem will ich dir eine Enttäuschung ersparen. Bleib doch einfach heute Abend hier und wir machen es uns mit den anderen gemütlich oder wir gehen ins Kino. Was hältst du davon?"

„Ich will nicht mit dir oder den anderen einen gemütlichen Abend verbringen oder ins Kino gehen. Ich habe eine

Verabredung, auf die ich mich sehr freue und dort werde ich auch hingehen!" Der blonde Engel wurde langsam böse.

„Soll ich vielleicht mitkommen?" fragte der Engel, bereute diese Frage aber sofort, da der blonde Engel ihn ansah, als würde er ihm gleich etwas antun.

„Ist ja schon gut", beschwichtigte der Engel ihn gleich wieder. „Ich habe ja verstanden. Ich kann dich von der Verabredung nicht abhalten."

„Richtig! Endlich hast du es verstanden!", sagte der blonde Engel demonstrativ. „Ich gehe heute Abend da hin, ob ihr wollt oder nicht!"

„Falls du ...", begann der Engel einen Satz, hielt aber sofort wieder inne. „Schon gut, ich gehe ja schon", sagte der Engel und verließ das Zimmer.

„Puh", der blonde Engel atmete tief durch. Endlich Ruhe.

Er konzentrierte sich wieder auf sein Aussehen und darauf, was er heute Abend anziehen würde. Das goldene

Gewand oder lieber das silberne oder doch das weiße? Schwierig, schwierig.

Er überlegte und versuchte, eine Entscheidung zu treffen. Aber es nutzte nichts. Er musste alle in Frage kommenden Gewänder mehrmals abwechselnd anziehen, um festzustellen, in welchem er sich heute Abend wohlfühlen würde.

Nachdem er diese schwierige Entscheidung getroffen hatte, war einige Zeit vergangen und der blonde Engel schaute zur Uhr. Er erschrak – bis zu seiner Verabredung blieb ihm jetzt nur noch wenig Zeit.

Kurz noch einen prüfenden Blick in den Spiegel, die Schuhe anziehen und dann machte er sich auch schon auf den Weg zu dem verabredeten Treffpunkt.

Der blonde Engel begann zu zweifeln, während er schnellen Schrittes zum Treffpunkt eilte, um nicht zu spät zu kommen: „Vielleicht haben die anderen ja recht und ich sollte besser nicht hingehen", dachte er. „Aber warum sollte ich mich nicht mal mit ihm treffen?

Vielleicht ist er ja noch viel netter, als ich jetzt denke. Er war so charmant zu mir, als wir uns das erste Mal begegnet sind." Der blonde Engel verwarf die Bedenken wieder. Ja, er wollte auf jeden Fall zu der Verabredung gehen. Immerhin glaubte der blonde Engel an das Gute, auch in ihm, dem Teufel.

Nervös betrat der Engel das Cafe, in dem er mit dem Teufel verabredet war. Dieser strahlte, als er den Engel erblickte.

„Wie schön, dass du wirklich gekommen bist", sagte der Teufel zu dem Engel und bot ihm einen Stuhl an.

Der Engel setzte sich. „Ja, aber glaube mir, das war nicht so leicht, sich loszureißen." Er druckste etwas herum und fuhr fort: „Die anderen Engel waren alle gegen unsere Verabredung."

Der Teufel schaute verunsichert und hatte plötzlich Tränen in den Augen. „Warum sind alle nur so ungerecht?", fragte er. „Ich habe den Engeln doch nichts getan. Ich gehöre eben nur der anderen Seite an. Aber deswegen bin ich doch nicht grundsätzlich böse." Der

Teufel schämte sich seiner Tränen und blickte zur Seite, sodass der Engel sein Gesicht nicht mehr sehen konnte.

Erstaunt über so viel Feingefühl rückte der Engel näher an den Teufel heran. Er fasste dessen Hand, drückte diese und sagte halb flüsternd: „Mach dir keine Sorgen. Ich bin hier, weil ich dich näher kennenlernen will und es ist mir egal, was die anderen über dich sagen."

Der Teufel schaute auf. „Meinst du das wirklich so?", fragte er.

„Natürlich", sagte der Engel. „Oder denkst du, Engel lügen?"

Der Teufel wischte sich die Tränen aus den Augen und grinste. „Weißt du, was die anderen Teufel gesagt haben?"

Der Engel schüttelte den Kopf. „Nein, sag`s mir."

„Die anderen haben gesagt, ich solle nicht zu unserer Verabredung gehen, Engeln könne man nicht trauen. Sie seien so flatterhaft."

Engel und Teufel schauten sich an. Dann begannen sie plötzlich loszuprusten und herzhaft zu lachen. Lauter und lauter bis ihnen vor Lachen die Tränen in den Augen standen.

„Ich bin froh, dass ich hergekommen bin", sagte der Engel. „Zuhause hätte ich nicht so einen lustigen Abend gehabt."

„Da hast du wohl recht", erwiderte der Teufel und beide freuten sich darüber, dass ihre Verabredung so ehrlich begonnen hatte. Einem schönen Abend stand nun wohl nichts mehr im Wege.

Die Streitfrage

„Ich bin eine Prinzessin!", sagte sie demonstrativ und drehte sich dabei ungestüm um die eigene Achse. Es war bereits dunkel, aber vor lauter Aufregung konnte sie wieder einmal nicht einschlafen. Immer wieder betrachtete sie ihr Spiegelbild in einem Wasserbehälter, zwinkerte sich zu und seufzte zufrieden. Manchmal sagte sie auch `Oh lala` zu sich selbst und warf den Kopf in den Nacken. Aus lauter Langeweile hatte sie sich bereits länger schon selbst eingeredet, dass sie eine ganz besondere Persönlichkeit wäre und mit Sicherheit königliches Blut in ihr fließen würde.

„Du bist keine Prinzessin! Kannst du dich nicht einmal damit abfinden?", hörte sie seine Stimme sagen.

„Natürlich bin ich eine Prinzessin. Schau mich doch mal an!" Sie stellte sich aufreizend hin, drehte sich etwas zur Seite und präsentierte ihr schönstes Lächeln. „Findest du mich denn nicht elegant und schön?", wollte sie wissen.

„Klar siehst du nicht schlecht aus. Aber deswegen bist du noch lange keine Prinzessin. Prinzessinnen sind reich und leben in Schlössern. Sie haben Schmuck und tolle Kleider. Das alles hast du doch gar nicht." Es fiel ihm schwer, ihr das alles zu sagen. Aber seit einiger Zeit nervte sie ihn mit ihrem Prinzessinnengetue und so langsam riss sein Geduldsfaden. Außerdem war er müde und wollte sich endlich schlafen legen. Immerhin waren sie den ganzen Tag schon auf den Beinen.

Dann fügte er leichtsinnigerweise hinzu: „Außerdem haben Prinzessinnen einen Prinzen, der sie küsst und mit auf sein Schloss nimmt."

Sie stutzte und dachte kurz nach. Dann senkte sie den Kopf leicht und machte langsam ein paar Schritte auf ihn zu. So verführerisch, wie nur irgendwie möglich, schaute sie ihn mit ihren großen Augen an und hauchte mit leiser dunkler Stimme: „Du könntest doch mein Prinz sein. Lass uns einfach durchbrennen und ein wildes Leben miteinander führen." Sie schnurrte wie eine Katze und mit einem Satz stand sie plötzlich dicht neben ihm. Sie schmiegte sich an ihn ran.

Erschrocken sprang er zur Seite. Das ging ihm jetzt zu weit. Sie kannten sich schon eine ganze Weile und er hatte sie immer respektiert. Aber jetzt musste er Klartext mit ihr reden.

„Jetzt reicht es!", sagte er mit durchdringender Stimme. „Reiß dich jetzt mal zusammen! Du bist keine Prinzessin und ich bin auch kein Prinz! Finde dich endlich damit ab!"

Sie erstarrte. Dann wendete sie sich plötzlich von ihm ab und in ihren Augen sammelten sich Tränen. Sie begann zu schluchzen.

Nun tat sie ihm leid. „Bitte weine nicht!", sagte er beschwichtigend zu ihr. „Warum können wir nicht einfach in Frieden hier zusammen leben? Es geht uns doch gut. Wir haben doch alles, was wir brauchen."

Traurig schaute sie ihn an und sagte mit gebrochener Stimme: „Versteh mich doch. Ich bin eine Prinzessin und ich möchte auch wie eine Prinzessin leben."

Sie holte tief Luft. „Natürlich finde ich es hier nicht schlecht und ich weiß auch, dass es uns gut geht. Aber verstehst du denn nicht? Ich bin zu etwas Besserem bestimmt und muss diesem Drang nachgehen. Ich muss hier raus!" Ein tiefer Seufzer entrann ihrer Kehle.

Verständnislos schüttelte er den Kopf. Würde sie es denn nie verstehen? Wie deutlich musste er denn noch werden?

„Okay!", sagte er mutig und fuhr mit lauter und eindringlicher Stimme fort: „Jetzt hör mir mal aufmerksam zu! Du bist keine Prinzessin und ich bin kein Prinz. Wir haben kein Schloss und keine Reichtümer. Alles was wir haben, ist eine trockene Unterkunft, viel Stroh und nette Menschen um uns herum. Und wenn wir leise sind, hört das Baby auch wieder auf zu schreien und wir haben wieder unsere Ruhe und ich kann endlich schlafen."

In diesem Moment ertönte Josefs verärgerte Stimme aus einer Ecke, in der ein Bett stand: „Ruhe im Stall, mir reicht es jetzt! Mit eurem Lärm habt ihr das Jesuskind schon wieder aufgeweckt." Er schaute zu Maria herüber und sagte zu ihr: „Dass die Tiere nachts immer so einen Lärm machen müssen. Jeden Abend das gleiche Theater."

Es wurde ruhig im Stall.

Erst nach einiger Zeit hörte man eine leise Stimme flüstern: „Und ich bin doch eine Prinzessin!"

Der Ochse verdrehte die Augen. So eine Eselsdame kann schon sehr störrisch sein, dachte er sich, legte sich auf das Stroh und schlief erschöpft ein.

Die Warteschlange

„Wann geht es denn endlich weiter da vorn?", fragte eine tiefe Stimme in der langen Warteschlange, die von ziemlich weit hinten zu kommen schien.

Erstaunt blickten sich einige der Wartenden um. Von dem Mann, der die Frage gestellt hatte, und der jungen Frau, die neben ihm stand, war kaum etwas zu sehen. Ein großer Wagen stand voll bepackt vor ihnen und versperrte den davor Stehenden nahezu die Sicht auf die beiden.

Alles was man sah, waren zwei beigefarbene Mäntel, einen großen Hut, den der alte Mann mit der tiefen Stimme trug und eine Wollmütze, die sich die Frau auf den Kopf gesetzt hatte.

Ein kleines Kind wurde neugierig und riss sich von der Hand seiner Mutter los. Erstaunt starrte es zu dem alten Mann und der jungen Frau rüber. „Du Mami, der Mann und die Frau sehen aber komisch aus", sagte es so laut, dass fast alle Wartenden es hören konnten.

Einige Leute kicherten und die Mutter zog ihr Kind verlegen wieder zurück in die Reihe.

„Wie lange dauert das denn noch?", ließ sich der alte Mann nach kurzer Zeit wieder vernehmen.

Genervt verdrehten einige Leute die Augen.

„Durch Meckern geht`s auch nicht schneller", rief ein junger Mann, der weiter vorn in der Warteschlange stand.

„Aber wir haben keine Zeit", meldete sich der alte Mann wieder.

„Wir haben auch keine Zeit", sagte eine alte Frau und klopfte demonstrativ mit ihrem Stock auf den Boden. „Aber wir warten geduldig, bis wir dran sind." Sie hob den Kopf und blickte starr nach vorn, als müsse sie ihren Platz in der Warteschlange verteidigen.

Zwei Jugendliche begannen, sich über das ungeduldige Paar lustig zu machen. „Mensch, Alter", sagten sie nach hinten zu dem alten Mann, „ein bisschen musst du dich schon noch gedulden. Wir haben alle keine Lust, hier zu stehen und zu warten. Aber es geht auch nicht schneller, wenn du drängelst."

Einige Leute nickten zustimmend, während andere miteinander tuschelten.

„Der Nächste, bitte!", hörte man eine Stimme am vorderen Ende der Warteschlange sagen und die Leute bewegten sich langsam wieder ein Stück nach vorn.

„Na endlich", sagte der alte Mann zu der jungen Frau neben ihm. „Ich dachte schon, hier bewegt sich gar nichts mehr. Heute ist Heilig Abend und wir stehen hier immer noch dumm herum." Vorsichtig schoben sie den voll bepackten Wagen wieder ein Stück weiter.

Die junge Frau schaute den alten Mann an: „Ja, ich hatte auch schon die Befürchtung, dass das hier nicht vorwärts geht und wir Ewigkeiten hier herumstehen müssen."

Der Mann nickte. „Ich gebe zu, dass ich

mir das alles etwas einfacher vorgestellt habe. Aber ich freue mich, dass es überhaupt noch geklappt hat. Immerhin gab es ja kaum noch Plätze."

Endlich waren sie an der Reihe. Sie schoben den voll bepackten Wagen zum Schalter, hinter dem die Mitarbeiterin einer Fluggesellschaft die Fluggäste eincheckte.

„Ist das Ihr Gepäckwagen?", fragte die Mitarbeiterin und deutete auf den voll bepackten Wagen.

„Ja, der gehört uns", antwortete der alte Mann. „Mehr haben wir nicht dabei."

Die Mitarbeiterin schaute den alten Mann mit großen Augen an. „Mehr haben Sie nicht dabei?", wiederholte sie ungläubig und schüttelte den Kopf. Sie atmete hörbar tief ein und fuhr in einem arroganten Tonfall fort: „Okay, mein Herr, das ist natürlich viel zu viel und das muss alles in den Frachtraum. Und selbstverständlich müssen wir für das Übergepäck noch etwas extra berechnen."

„Das kann aber nicht in den Frachtraum", sagte der alte Mann entrüstet. „Und wieso müssen Sie etwas extra berechnen? Wir wollen die Sachen ja nicht behalten. Wir verschenken doch alles, es ist schließlich Weihnachten", ergänzte er noch. Die junge Frau an seiner Seite nickte wild.

„Das mag ja sein", sagte die Mitarbeiterin der Fluggesellschaft, „aber das ist viel zu viel fürs Handgepäck."

„Wir müssen aber alles mitnehmen, sonst sind die Kinder traurig", sagte der alte Mann.

Die Mitarbeiterin schaute sich suchend um. „Welche Kinder?", fragte sie schließlich.

Der alte Mann und die junge Frau lachten. „Nicht, was Sie denken. Nicht unsere Kinder. Wir haben keine. Aber wir wollen andere Kinder beschenken."

„Ach ja?", fragte die Mitarbeiterin. „Aber dazu muss das ganze Gepäck ja nicht in die Passagierkabine. Dann kann es ja sicherlich auch in den Frachtraum. Oder wie haben Sie sich das vorgestellt?"

„Na, ganz einfach. Bis wir oben in der Luft sind, reicht der Platz in der Passagierkabine sicher aus", sagte der alte Mann. „Und wenn wir oben sind, werfen wir sowieso alles hinaus."

„Wir könnten vorübergehend auch etwas auf den Schoß nehmen", ergänzte die junge Frau spontan.

„Was soll das heißen: Bis wir oben in der Luft sind? Und alles hinauswerfen? Wollen Sie mich veralbern?" Die Mitarbeiterin war jetzt gar nicht mehr freundlich und schnappte nach Luft: „Jetzt reicht es mir aber! Was denken Sie eigentlich, wer Sie sind?"

„Hören Sie, ich will Ihnen alles erklären", begann der alte Mann beschwichtigend. „Heute ist doch Heilig Abend und ich bin der Weihnachtsmann und ich will nichts weiter, als die Geschenke aus Ihrem Flugzeug abwerfen. Das dürfte doch sicherlich kein Problem sein."

Scheinbar verständnisvoll erwiderte die Mitarbeiterin: „Nein, das ist natürlich überhaupt kein Problem. Schließlich sind sie ja der Weihnachtsmann und der darf alles. Und wenn wir schon dabei sind: Ich bin übrigens ein Engel und habe nur meine Flügel zu Hause vergessen."

Die junge Frau, die zu dem Weihnachtsmann gehörte, horchte überrascht auf: „Was? Du bist auch ein Engel? Ich habe dich gar nicht erkannt. Du hast dich aber auch gut verkleidet." Sie zwinkerte der Mitarbeiterin der Fluggesellschaft zu und zog zum Beweis vorsichtig ihre Wollmütze etwas nach oben, sodass ihre blonden Locken zu erkennen waren. „Dann sind wir ja quasi Schwestern", sagte der Engel, zwinkerte mit einem Auge und lächelte verschwörerisch.

Die Mitarbeiterin der Fluggesellschaft raufte sich die Haare. „Nein! Nein! Nein! Mir reicht es jetzt! Ich kann Sie so nicht mitfliegen lassen. Das Gepäck muss in den Frachtraum und weil es so viel ist, müssen Sie Gebühren dafür bezahlen. Schluss jetzt!"

Die Mitarbeiterin hatte ein Machtwort gesprochen und es war ihr eindeutig anzusehen, dass Widerworte keinen Sinn machen würden.

Der Engel und der Weihnachtsmann schauten sich an.

„Und wenn wir ...?", setzte der Weihnachtsmann erneut an.

„Nein!", sagte die Mitarbeiterin der Fluggesellschaft demonstrativ und stampfte mit einem Fuß auf den Boden. „Nein! Nein! Und nochmals nein! Entweder – oder!"

Der Engel sah den Weihnachtsmann an und zuckte mit den Schultern: „Und was machen wir jetzt?"

„Hm", meinte der Weihnachtsmann enttäuscht. „Meine Idee war wohl doch nicht so gut. Dann gehen wir eben wieder nach Hause und nehmen doch den alten Schlitten. Der ist zwar langsamer als ein Flugzeug, aber bei weitem nicht so umständlich. Und nächstes Jahr nehmen wir dann einfach eine andere Fluggesellschaft, da klappt es dann ganz bestimmt!"

Im Supermarkt

Es war dunkel in dem großen Supermarkt. Nachdem auch das letzte Licht erloschen war und die große Eingangstür verschlossen, hörte man es in der Süßwarenabteilung rascheln und knistern.

Lebkuchen und Printen, Dominosteine und Spekulatius – sie alle trauten sich jetzt aus ihren Schachteln und Verpackungen heraus. Sie reckten und streckten sich und gähnten teilweise noch sehr. Immerhin hatten sie den ganzen Tag ruhig in ihren Verpackungen verbringen müssen. Aber jetzt war Feierabend und ein bisschen Bewegung würde ihnen gut tun.

Die Dominosteine hatten sich zusammen gesetzt und spielten Karten, während sich zwei Printen lautstark unterhielten, wer heute alles vor ihnen stehen geblieben war.

„Hast du die Frau mit dem komischen Hut gesehen?", fragte eine der Printen ihr Gegenüber. „Ja klar, der Hut sah aus wie eine Obsttorte. Da waren ja richtig große

Früchte drauf." Die beiden lachten lauthals los. „Dass man so etwas überhaupt tragen darf." Die beiden prusteten wieder los.

„Komisch, nicht? Heute kamen Kinder rein, die hatten nur T-Shirts und leichte Jacken an. Das passt doch gar nicht zu der Jahreszeit." Ein Lebkuchenmann hatte sich in das Gespräch eingeschaltet. „Richtig, das ist mir auch aufgefallen", sagte eine Printe. Ich habe sogar gesehen, dass jemand Grillfleisch aus der Tiefkühltruhe genommen hat." Die beiden schauten sich fragend an. Das konnte ja gar nicht sein – im Winter konnte man doch gar nicht grillen. „Das war sicherlich für den Ofen gedacht", sagte eine der Printen beiläufig.

Ein Spekulatiusmann meldete sich zur Wort: „Das ist wirklich merkwürdig. Ich habe heute gelauscht, als ein älteres Paar sich vor dem Regal unterhalten hat. Die Frau hat zu dem Mann gesagt, dass das ja wohl nicht sein kann, dass es jetzt schon Weihnachtsgebäck gibt." Der Spekulatiusmann fühlte sich sehr wichtig, als er diese Aussage gemacht hatte.

Die vier standen zusammen und schauten sich ratlos an. Irgend etwas stimmte hier nicht. Dann sagte eine der Printen: „Wir müssen herausfinden, welches Datum wir heute haben!"

„Vielleicht ist ja noch gar kein Dezember", sagte der Spekulatiusmann und alle lachten. Diese Aussage war ja wirklich zu absurd. So ein Blödsinn, noch kein Dezember. Aber grundsätzlich gaben sie der Printe erst einmal recht und sie überlegten, wie sie denn herausfinden könnten, welcher Tage heute wäre.

„Nutzen uns die Verfallsdaten auf dem Gefrierfleisch etwas?", wollte der Lebkuchenmann wissen. Die anderen schüttelten den Kopf. Nein, das half nicht weiter.

„Wir könnten das Obst und Gemüse fragen, die kommen doch immer frisch. Vielleicht wissen die was", sagte eine Printe.

„Das ist eine gute Idee", antworteten die anderen und sie machten sich gleich auf den Weg zur Obst- und Gemüseabteilung. Aber hier war niemand. Die Angestellten hatten die Waren übers Nacht ins Kühlhaus gebracht.

„So ein Mist!", sagte der Lebkuchenmann. „Die Tür zum Kühlhaus bekommen wir nicht auf."

Enttäuscht und nachdenklich gingen die vier zur Süßwarenabteilung zurück. Es musste doch eine Möglichkeit geben, das aktuelle Tagesdatum herauszufinden.

Plötzlich schrie der Spekulatiusmann auf: „Zeitschriften!", rief er. „Na klar, Zeitschriften! Wir gehen einfach in die Zeitschriftenabteilung rüber und schauen dort aufs Datum."

Die drei anderen waren begeistert. Natürlich, warum waren sie nicht gleich darauf gekommen? Sofort sausten die vier los in die Zeitschriftenabteilung.

Das Angebot an Zeitschriften haute sie fast um. Fassungslos standen sie vor dem großen Regal und ihre Blicke wanderten über die endlos langen Regalreihen.

Der Lebkuchenmann fasste sich als erster wieder, kletterte auf eines der Regale und suchte nach dem Datum auf einem der Hochglanzmagazine. „Hier steht ein Datum. Aber es ist so dunkel, ich kann es kaum erkennen." Er zog die erste Seite etwas nach vorn, sodass die Notbeleuchtung des Supermarktes ein schwaches Licht darauf warf. „Hier steht September", sagte der Lebkuchenmann. „Das kann ja gar nicht sein. Das ist ein altes Magazin. Dass die so etwas noch verkaufen dürfen." Er schüttelte den Kopf und kletterte zum nächsten Magazin rüber. „Hier steht ... Hm ... auch September. Das gibt es doch gar nicht. Vielleicht ist die Abteilung nach Monaten unterteilt." Er schaute sich suchend um.

„Nein, nein, das glaube ich nicht", sagte eine der Printen. „Sicherlich ist das nur ein Druckfehler. So etwas passiert halt."

„Ein Druckfehler?", fragte die andere Printe. „Bei allen Magazinen? Unmöglich, das wäre dem Verkäufer doch aufgefallen. Vielleicht sollten wir mal zu den Tageszeitungen rübergehen. Die müssen doch ein aktuelles Datum haben."

Gesagt – getan. Die vier gingen zu den Tageszeitungen und staunten nicht schlecht: 19. September stand darauf gedruckt. „September, auch hier September." Hektisch kletterte der Lebkuchenmann von einer Tageszeitung zur nächsten. „September, alles September." Er zog eine Zeitung nach der anderen aus dem Regal und warf diese, nachdem er das Datum gelesen hatte, einfach nach unten auf den Boden. „September, September", der Lebkuchenmann war völlig aufgebracht. Immer mehr und mehr Zeitungen flogen im hohen Bogen nach unten.

„Beruhige dich!", schrien die drei anderen nach oben, die bereits mit Zeitungen zugedeckt waren. „Hör auf, alles durcheinander zu machen. Davon ändert sich das Datum auch nicht."

Der Lebkuchenmann blickte verwirrt zu den anderen nach unten und setzte sich hin: „Wir sind viel zu früh im Supermarkt angekommen." Er schluckte. „Bis Weihnachten wird mich doch gar keiner mehr mögen. Da bin ich doch schon viel zu alt und trocken." Eine Träne kullerte über seinen Lebkuchenbauch. Traurig kletterte er nach unten.

Die anderen nahmen ihn in ihre Mitte und versuchten, ihn zu trösten. Aber auch sie waren fassungslos und wussten nicht recht, was sie sagen sollten.

Mit gesenkten Köpfen schlichen die vier langsam zurück zu den übrigen Weihnachtsgebäcken.

„Wir müssen es ihnen sagen", sagte der Spekulatiusmann. „Sie haben ein Recht darauf, es zu erfahren."

„Nein, wir sagen besser nichts", erwiderte die Printe. „Es nutzt doch eh nichts. Wir sind sowieso schon im Regal. Die anderen würden sich nur aufregen, wenn sie wüssten, dass es erst September ist."

„Ich verstehe das nicht", sagte der Lebkuchenmann, „früher waren wir nie vor Ende November im Regal. Vielleicht wurde Weihnachten ja dieses Jahr vorverlegt?"

Der Spekulatiusmann schüttelte den Kopf: „Nein, nein, das geht ja gar nicht.

Weihnachten ist immer am 24. Dezember. Ich denke, dass die Leute uns so gern mögen, dass sie es nicht mehr abwarten konnten, uns in den Regalen zu sehen. Sicher hat man die Leute vorher gefragt und alle waren dafür, dass wir bereits früher in den Regalen stehen. Ja, das wird es wohl sein." Der Spekulatiusmann war zufrieden mit seiner Aussage. Es konnte ja gar keinen anderen Grund geben.

Etwas ungläubig blickten die anderen den Spekulatiusmann an. Vielleicht hatte er ja sogar Recht.

Sie beschlossen, den anderen nichts zu sagen, gesellten sich wieder zu ihnen und sprachen nicht mehr über das Thema. Doch insgeheim grübelte jeder der vier noch lange für sich darüber nach, warum man bereits im September Weihnachtsgebäck kaufen konnte. Weihnachtsgebäck im September – das war einfach zu unglaublich.

Kinderkrankheiten

Seit zwei Stunden schon schrie das Jesuskind lauthals und fast ohne Unterbrechung aus Leibeskräften. Es lag in seiner Krippe und Maria, die neben der Krippe saß, streichelte die Wangen des Jesuskindes, sang ihm Lieder vor, summte Melodien oder redete sanft auf das Jesuskind ein. Aber nichts half. Es hörte nicht auf zu schreien. Immer wieder holte es tief Luft und begann von Neuem mit dem Geschrei.

Manchmal bekam es dabei einen so hochroten Kopf, dass Maria befürchtete, es könnte ersticken. Das konnte sie nicht verantworten. Die ganze Welt wartete auf den Erlöser und der drohte schon in der Krippe zu ersticken. Unmöglich! Das wäre eine Katastrophe ungeahnten Ausmaßes. Sie brauchte dringend Hilfe.

„Jemand muss uns helfen", rief sie zu Josef herüber, der in einer Ecke des Stalles saß und sich bemühte, nicht die Nerven zu verlieren. „Josef, du musst Hilfe holen!", wiederholte Maria nochmals lauter und mit Nachdruck. „Geh und frage die Hirten, ob sie einen

Rat wissen. Nun mach schon, geh!",
drängte sie ihn.

Josef, der üblicherweise Maria
widersprach, verließ ohne Widerworte
eilend den Stall und rannte zu den Hirten
herüber. Er war froh, dem Lärm erst
einmal entkommen zu sein.

Pflichtbewusst hielt er gleich mehrere
Hirten an, die seinen Weg kreuzten, aber
niemand konnte ihm einen Rat geben,
was dem Jesuskind helfen könnte.

„Versuch es doch mal bei dem Engel
Gabriel. Der steht oben auf dem Felsen.
Vielleicht kann er dir helfen", sagte einer
der Hirten zu Josef.

„Gute Idee!", erwiderte Josef und
spurtete los. Auf dem künstlichen Felsen
oberhalb des Stalles stand der Engel
Gabriel und blickte auf das
Krippengeschehen herunter.

„Hallo Gabriel", sagte Josef. „Kannst du
uns einen Rat geben? Unser Baby
schreit seit Stunden und wir wissen nicht,
was wir tun sollen, um es zu beruhigen.
Wir sind mit unseren Nerven schon am

Ende."

„Das Schreien hab` ich schon gehört. Habe mir schon gedacht, dass das vom Jesuskind kommt. Aber wenn du weise Ratschläge brauchst, solltest du die Heiligen Drei Könige fragen", antwortete der Engel Gabriel, der heute einen schlechten Tag hatte und die Heiligen Drei Könige nicht so gut leiden konnte. „Schließlich sind die ja die drei Weisen", sagte er höhnisch.

Josef verzog das Gesicht. Ihm war nicht nach Scherzen zumute. Demonstrativ ließ er ein „Ha! Ha! Ha!" vernehmen und wiederholte seine Frage in einem ernsteren Tonfall: „Kannst du uns helfen oder nicht?" Seine Ungeduld war nicht zu überhören.

„Ich fürchte nicht", sagte der Engel Gabriel. „Ich sehe mit meinem weißen Gewand zwar vielleicht aus wie ein Arzt, aber ich bin es nicht. Und von Kindern habe ich ja nun überhaupt keine Ahnung. Tut mir leid."

Josef blickte den Engel Gabriel böse an. „Vielen Dank auch!", sagte er genervt und kletterte den künstlichen Felsen wieder nach unten. „Was mach ich nur, was mach ich nur?", brummelte er ratlos vor sich hin.

„Die Heiligen Drei Könige. Die sollte ich wirklich fragen. Vielleicht können die mir ja tatsächlich helfen."

Flugs rannte Josef hinter den Stall, wo sich die Heiligen Drei Könige bis zum Dreikönigstag aufhielten. Die drei saßen auf dem Boden und blätterten in Zeitungen.

„Ich brauche Hilfe", sprudelte es aus Josef nur so heraus, als er die drei sah. „Das Jesuskind ist krank und ich weiß nicht, was ich tun soll. Könnt ihr mir helfen?"

Die drei Könige schauten sich an. „Das Schreien ist ja nicht zu überhören", sagte Melchior. Er dachte kurz nach, dann sagte er: „Vielleicht könntest du den Stall mit Weihrauch ausräuchern. Das, äh, vertreibt die Fliegen."

„Fliegen? Wieso Fliegen? Wer hat hier was von Fliegen gesagt? Mein Baby ist krank und da nutzt es mir nichts, wenn ich die Fliegen vertreibe." Josef lief rot an.

„Ich meine es ja nur gut", sagte Melchior verlegen.

„Dann wirst du mein Goldstück auch nicht brauchen können?", fragte Balthasar zaghaft.

Josef verdrehte die Augen. „Nein, dein Gold nutzt mir auch nichts. Davon hört das Jesuskind auch nicht auf zu schreien."

Caspar öffnete den Mund und wollte gerade etwas sagen, besann sich aber eines besseren und schwieg. Ihm war klar geworden war, dass seine Idee auch nicht wirklich hätte helfen können.

Josef drehte sich enttäuscht um und lief wieder in Richtung des Stalles, in dem Maria noch immer verzweifelt versuchte, das Jesuskind zu beruhigen.

Unterwegs traf er einen Hirten. „Gehört der plärrende Balg dir?", fragte der Hirte. Josef ballte die Fäuste. „Ja, das ist mein

Baby, das da schreit und wenn du mir nicht sagen kannst, wie ich es beruhigen kann, dann solltest du besser den Mund halten!" Josef sah aus, als würde er gleich explodieren.

Der Hirte schaute Josef verstört an, suchte aber dann schnell das Weite. Eigentlich hatte er doch nur einen Scherz machen wollen.

Josef ging wieder zurück in den Stall und setzte sich neben Maria, die noch immer versuchte, das Jesuskind zu beruhigen.

„Nichts. Keiner kann uns helfen", Josef schaute Maria ratlos an. „Ich weiß nicht, was wir jetzt machen sollen."

Im gleichen Moment sah man, wie das Jesuskind sein Gesicht fest zusammenkniff und angestrengt dreinblickte. Sein Gesicht lief bedrohlich dunkelrot an und Maria und Josef erstarrten vor Angst. Was passierte jetzt? Plötzlich hörte man in kurzen Abständen knatternde Geräusche. `Ratatata` und nochmal `Ratatata` - wie eine Salve von Freudenschüssen tönte es durch den Stall. Schließlich wurden die Abstände zwischen den knatternden Geräuschen größer und größer und mit einem Mal hörten sie ganz auf. Jetzt lächelte das Jesuskind wieder.

Verblüfft schauten sich Maria und Josef an. „Er scheint beim Essen etwas nicht vertragen zu haben", sagte Maria zu Josef und blickte verlegen zur Seite.

„Ja, das scheint mir auch so", sagte Josef. „Ein großer König kann wohl auch sehr menschliche Probleme haben."

Weihnachtsbäckerei

Da standen sie nun: Hinter zwei breiten Tischen, die sich mitten in einem großen Raum befanden, positionierten sich Gerda und Olga. Mit den aufgestützten Händen, den hochgesteckten Haaren und den hochgekrempelten Ärmeln wirkten sie fast wie zwei Sumo-Ringerinnen, die in Kürze aufeinander losgehen würden.

Besonders elegant sahen die beiden Frauen nicht gerade aus, aber wegen ihres Aussehens waren sie ja nicht hergekommen. Ungeduldig sahen beide zum Kampfrichter herüber. Nur noch wenige Minuten und der Startschuss würde fallen.

Bereits seit Wochen backten die beiden was das Zeug hielt und probierten ein Backrezept nach dem anderen aus. Der heutige Tag sollte die endgültige Entscheidung bringen: Wer von den beiden war die beste? Wer von ihnen würde *Weihnachtsbäckerin des Jahres* werden?

Gerda, eigentlich Friseurin von Beruf,

hatte sich ein ganz besonderes Gebäck ausgedacht. Sie wollte Sandtaler mit Marmeladenfüllung backen und mit Schokoladenstückchen versehen. Das ganze wollte sie zum Abschluss mit einer feinen Glasur aus Zuckerguss bestreichen und mit goldenen Zuckerperlen verzieren. Sie war der Meinung, dass sie sich durch ihren Beruf die besondere Begabung angeeignet hatte, gestalterisch tätig zu sein und verschiedene Elemente harmonisch miteinander verbinden zu können.

Olga hingegen hatte sich für eine besondere Variante von Mürbeteiggebäck entschieden. Dieses sollte verziert mit bunten Schokoladenstreuseln dem Gebäck ihrer Gegnerin haushoch überlegen sein. Ihr Mürbeteiggebäck sollte so schön werden, dass dem Kampfrichter gar keine andere Wahl mehr bleiben würde, als sie zur Siegerin zu küren. Als Gärtnerin hatte sie ihre Kreativität schon sehr oft unter Beweis gestellt und sie war sich sicher, dass nicht die Menge der Zutaten für den Erfolg entscheidend waren, sondern allein persönlicher Geschmack und Stilsicherheit.

Die beiden Frauen musterten sich energisch. Siegessicher schnaufte Olga zu Gerda hinüber, die wiederum warf Olga lediglich einen mitleidigen Blick zu.

Da! Der Kampfrichter hatte das Zeichen zum Start gegeben. Der Wettbewerb zur *Weihnachtsbäckerin des Jahres* hatte begonnen.

Gerda griff nach den Schüsseln mit den einzelnen Zutaten. Flink hatte sie alle Schüsseln geöffnet und den Inhalt auf dem Tisch verstreut. Sie hatte peinlichst darauf geachtet, dass niemand vorher gesehen hatte, welche Zutaten sie verwenden würde und sich womöglich noch Notizen machte. Die Zutaten gehörten schließlich zu ihrem Geheimnis. Gerda begann mit dem Zusammenmischen und warf einen kurzen Blick zu Olga herüber.

Olga füllte ihre Zutaten gerade nach und nach in eine große Schüssel, die vor ihr stand. Nach dem Leeren jeder Schüssel begutachtete sie prüfend die Konsistenz der Masse und dann rührte sie vorsichtig die Zutaten zusammen. Sie schien die Ruhe selbst zu sein.

Das passte Gerda gar nicht! Sie sah ein, dass sie einen Fehler gemacht hatte, als sie die Zutaten auf dem Tisch ausgeschüttet hatte. Nervös begann sie, das Verteilte mit den Händen wieder zusammen zu schieben. Dabei wurde ihr klar, dass sie die verstreuten Zutaten unmöglich mit der Hand in die Rührschüssel schieben konnte. Sie überlegte kurz – was blieb ihr anderes übrig? Mit dem Löffel zu arbeiten, würde viel zu viel Zeit kosten. Schnell hielt sie die Schüssel unter die Tischkante, blickte sich verstohlen kurz um und `Schwupp` - schon hatte sie die Zutaten mit der Hand in die Schüssel gekehrt.

Der Kampfrichter schaute etwas irritiert, sollte er jetzt etwa eingreifen? Nein, eigentlich nicht, es kam ja nur darauf an, in kurzer Zeit ein außergewöhnliches Gebäck herzustellen. *Wie* die Zutaten in die Rührschüssel gelangen sollten, war ja nirgends festgelegt worden. Vielleicht gehörte das ja auch zu dem Backgeheimnis von Gerda dazu. Er ließ die Angelegenheit also auf sich beruhen und beobachtete weiterhin die beiden Frauen beim Wettkampf. Sein Blick schweifte zu Olga herüber. Mit

Erschrecken stellte er fest, dass Olga soeben mit einem Niesanfall kämpfte. Der Mehlstaub war ihr in die Nase gestiegen und jetzt konnte sie das Niesen kaum noch unterdrücken. Gefährlich nahe stand sie an der Rührschüssel – sie würde doch wohl nicht ...?

Olga kämpfte mit dem Niesreiz und verzog ihr Gesicht. Ein Taschentuch aus der Tasche zu ziehen, war ihr viel zu umständlich. Einatmen – Ausatmen – Einatmen – Ausatmen – Olga machte den Mund weit auf. Sie hatte mal gelesen, dass der Niesreiz beim Ein- und Ausatmen mit geöffnetem Mund wieder vergehen würde. Einatmen – Ausatmen – Einatmen – Ausatmen – „Ha... Ha... Ha..." – Olga atmete tief ein und ... nichts passierte. Der Niesreiz hatte tatsächlich wieder aufgehört. Glück gehabt! Sie lächelte zufrieden und stürzte sich wieder auf die Arbeit. Vom Nachbartisch her hörte sie etwas laut surren. Gerda mischte bereits die Zutaten zusammen. Wie wild rührte sie mit dem Rührbesen im Teig herum und das Mehl staubte wie verrückt. Als nächstes breitete sie den Teig mit Hilfe eines Nudelholzes auf dem

Tisch aus. Plötzlich wurde Gerda puterrot – ihr fiel ein, dass sie vergessen hatte, Mehl auf die Tischplatte zu streuen. So würde sie die Teigtaler nie vom Tisch lösen können. Ungeduldig zerrte sie die klebrige Masse wieder vom Tisch herunter. Der Schiedsrichter konnte die Flüche, die sie ausstieß zwar nicht hören, doch es ließ sich leicht erraten, was Gerda vor sich hin brummelte.

Olga war zwischenzeitlich dabei, ihre Zutaten zu verrühren und den Teig herzustellen. Allerdings verzichtete sie auf den Rührbesen – sie arbeitete mit den Händen. Mit kräftigen Griffen knetete, drückte und klopfte Olga den Teig. Fast sah es so aus, als würde sie den Teig erwürgen wollen. Der Schiedsrichter wurde blass und fühlte, wie sich seine Kehle zuschnürte. Er würde Olga nie im Dunkeln begegnen, geschweige denn Streit mit ihr haben wollen. Vielleicht sollte er Olga sicherheitshalber gewinnen lassen - Das würde ihm sicher eine Menge Ärger ersparen.

Schnell verwarf er diesen Gedanken wieder. Nein, nein, das konnte er nicht machen. Schließlich musste er ja unparteiisch und objektiv sein. Sein Blick schweifte zu Gerda herüber. Was tat sie da?

Fluchend kratzte Gerda noch immer den Teig vom Tisch – eine Haarsträhne war ihr ins Gesicht gefallen, was ihr einen wilden, energischen Ausdruck verlieh. Gerda pustete die Haarsträhne nach oben, sie wollte keine Zeit verlieren. Nur noch ein bisschen und dann hatte sie den Teig gelöst – endlich. Schnell streute sie das Mehl auf dem Tisch aus und rollte erneut den Teig aus, um dann die Teigtaler auszustechen. Gerda schwitzte stark und es sah aus, als würde ihr Kopf gleich platzen.

Dann hörte man einen lauten Schlag vom anderen Tisch. Soeben hatte Olga ihren Teigklumpen auf den Tisch geworfen und walzte diesen mit ihren Fäusten platt. Mit Verwunderung stellte der Kampfrichter fest, dass Olga hierbei ein undefinierbares Grinsen auf den Lippen hatte. Zu gern hätte er gewusst, an was Olga gerade dachte. Er stellte fest, dass er großen Respekt vor ihr hatte - oder war es vielleicht sogar Angst?

Olga begann nun mit Schwung große runde Stücke mit einem Messer aus dem dicken Teig auszuschneiden. Geschickt drückte, knetete und zog Olga dann so lange an diesen Stücken, sodass es aussah, als hätte sie Rosenblüten in der Hand. Olga sah zufrieden aus und legte die einzelnen Kunstwerke auf ihr Backblech.

Gerda indes hatte die von ihr mit einem Glas ausgestanzten Teigtaler auf dem Blech verteilt und ließ diese bereits im Ofen backen. Nach einiger Zeit holte sie die Teigtaler heraus, bestrich die eine Hälfte mit Marmelade, legte die andere Hälfte der Teigtaler darauf und ließ das Ganze kurz trocknen.

Ungeduldig blickte Olga durch die Scheibe in den Backofen. Jetzt war ihr Gebäck auch so weit. Fast zeitgleich begannen die beiden Frauen nun mit dem Dekorieren ihrer Backware.

Es folgten zunächst wieder einige Flüche, da die beiden Frauen nicht abwarten wollten, bis das Gebäck ganz ausgekühlt war. Beide verbrannten sich die Finger, aber jetzt kam es auf jede

Minute an.

Gerda raspelte Schokoladenstücke über die Sandtaler und stellte mit Erschrecken fest, dass diese schmolzen. Egal – daran sollte ihr Sieg nicht scheitern. Sie pustete kräftig auf die Sandtaler und als sie das Gefühl hatte, dass diese genug abgekühlt waren, goss sie vorsichtig den Zuckerguss auf das Gebäck und legte kleine goldene Zuckerperlen oben drauf.

Sie freute sich – das sah wirklich sehr kunstvoll und schön aus.

Olga hatte unterdessen auch festgestellt, dass ihre Verzierung auf dem warmen Gebäck schmolz. Die bunten Schokoladenstreusel wurden flüssig, vermischten sich miteinander und liefen an den aus Mürbeteig gebackenen Rosenblüten herunter. Zu ihrer Freude erhielten diese damit ein farbenprächtiges Aussehen. Man hätte es fast für eine neue Züchtung von Rosen halten können, so schön und kunstvoll sah das Gebäck aus. Olga strahlte. So war das nicht geplant gewesen, aber sie war sehr zufrieden.

Gerda und Olga blickten zum Kampfrichter herüber, der den beiden anerkennend zunickte. Beide Frauen waren zur gleichen Zeit fertig geworden und alle Gebäcke sahen sehr schön aus.

Der Kampfrichter überlegte kurz: Da beide gleichzeitig fertig geworden waren, sollte also der Geschmack entscheiden. Er griff nach einem der Rosenblätter aus Mürbeteig, lobte das außergewöhnlich schöne Aussehen und biss beherzt hinein. Hm – lecker. Das Gebäck schmeckte wunderbar. Jetzt nahm er sich einen Sandtaler von Gerda. Er betrachtete das Gebäck kurz und biss hinein. Hm – nochmals sehr lecker, vielleicht sogar noch ein wenig besser, als die Rosenblätter aus Mürbeteig.

Die Entscheidung, wer von den beiden Frauen *Weihnachtsbäckerin des Jahres* werden würde, fiel ihm nicht leicht. Er überlegte hin und her. Doch dann stand seine Entscheidung fest: „Die Siegerin heißt: Gerda. Ich ernenne sie hiermit zur *Weihnachtsbäckerin des Jahres.*" Gerda jubelte und freute sich wie verrückt.

Empört sah Olga den Kampfrichter an,

der plötzlich sehr verunsichert wirkte. Die Erinnerung daran, wie energisch Olga den Teig geknetet hatte, war ihm plötzlich sehr präsent. Aber was sollte er jetzt tun? Seine Entscheidung wollte und konnte er nicht rückgängig machen. Und einschüchtern lassen wollte er sich schon gar nicht. Er zwinkerte Olga verschwörerisch zu und flüsterte leise: „Aber Ihr Gebäck ist auch toll und Sie haben einen guten zweiten Platz gemacht!" Olga dachte kurz nach und lächelte. „Da haben Sie recht", sagte sie dann und dem Kampfrichter fiel ein Stein vom Herzen. Geschafft – jetzt war der Wettbewerb endgültig vorbei und er konnte sich auf nächstes Jahr freuen. Wer weiß, welche neuen Gebäckkreationen ihm dort präsentiert wurden. Denn das war doch für ihn das spannendste an dem ganzen Wettbewerb.

Rentiere

Aufgeregt rannten die Rentiere in ihrem Gehege hin und her. Schon von Weitem hatten sie den Weihnachtsmann mit seinem roten Mantel und dem weißen Bart herankommen sehen.

Es war also wieder mal soweit – er holte sie ab, um den großen Schlitten zu ziehen. Schon seit Monaten waren sie jede Nacht Stunden über Stunden unterwegs und übten Wendemanöver, Bremsen, wieder Loslaufen und alles, was man können musste, um einen Schlitten sicher durch die Landschaft oder durch die Luft zu bewegen. Diese Übungen machten den Rentieren aber absolut keinen Spaß. Lieber wollten sie nur an Weihnachten den Schlitten ziehen. Das machte ihnen wirklich Freude.

Zugegeben, so manch ein Schornstein hatte in den letzten Jahren daran glauben müssen, als die Rentiere den Schlitten nicht schnell genug in die Luft gezogen hatten und dieser hinten abkippte. Auch waren die Geschenke manchmal durcheinander gefallen, wenn ein Bremsmanöver nicht ganz nach Plan verlaufen war. Aber auf das Üben hatten die Rentiere gar keine Lust. Erstens war der Schlitten schwer und zweitens musste dieser auch noch mitten in der Nacht gezogen werden. Da konnten sich die Rentiere wirklich Schöneres vorstellen. Sie hatten viel mehr Freude daran, den Tag über frisches Heu zu futtern und sich nachts in den warmen Stall auf das Stroh zu legen und zu schlafen.

Als der Weihnachtsmann näher kam, entfernte sich eines der Rentiere langsam rückwärts von der Gruppe und versteckte sich hinter einem der Bäume, die sich in dem Gehege befanden. Aber das nutzte nicht viel – der Baumstamm war viel zu dünn und so ragte rechts und links das Geweih des Rentieres hervor und auch der Körper war schon von Weitem zu sehen.

Eines der jüngeren Rentiere begann plötzlich stark zu hinken. Mit Schmerz verzerrter Mine humpelte es durch das Gehege und jeder Schritt schien ihm höllische Schmerzen zu bereiten. Mit lautem Gebrüll unterstrich es die Qualen, die es scheinbar erleiden musste. Irritiert schauten es die anderen an – bis vor wenigen Augenblicken war das Rentier doch noch ganz normal durch das Gehege gelaufen. Irgend etwas stimmte hier nicht!

Nach und nach durchschauten sie seine Taktik. Die Idee war gar nicht so schlecht. Vielleicht würde sich der Weihnachtsmann ja täuschen lassen und sie bräuchten den Schlitten nicht probeweise durch die Gegend zu ziehen und konnten stattdessen schlafen gehen.

Eine Rentierdame dachte kurz nach und ließ sich dann mit einem theatralischen Gesichtsausdruck langsam zu Boden gleiten. Sie achtete peinlichst darauf, dass sie sich nicht verletzte und so glich ihr Sturz mehr einem Niedergleiten als einer Ohnmacht. Auf dem Boden angekommen, streckte sie alle Viere von sich und stöhnte leise vor sich hin. Perfekt! Niemand hätte besser ohnmächtig sein können, als sie. Aber ob ihr das helfen würde?

Zwei Rentiere waren zwischenzeitlich in den Stall gelaufen und versuchten, sich unter dem Stroh zu verstecken. Das war aber gar nicht so einfach, wie sie es sich vorgestellt hatten. Zunächst hatten sie versucht, sich stehend gegenseitig mit Stroh zu bedecken, aber das Stroh fiel ständig herunter. Erst als die beiden sich auf den Boden des Stalles legten und sich gegenseitig mit Stroh zuwarfen, war ein großer Teil ihres Körpers bedeckt. Doch ragten noch immer die Geweihe und die langen Beine aus dem Stroh heraus. Vielleicht würde es etwas nutzen, wenn sie einfach ganz still liegen bleiben würden.

Eine weitere Rentierdame schaute sich erstaunt um. Irgend etwas musste auch sie sich einfallen lassen. Dann hatte sie plötzlich eine Idee. In schnellem Trab rannte sie auf den Wassertrog zu und sprang hinein. `Platsch` machte es und das Wasser spritzte nur so. Mit den Hufen stampfte sie in dem Trog herum, drehte sich mehrmals im Kreis und wirbelte das Wasser auf. Als ihr Fell triefend nass war, sprang sie wieder aus dem Wassertrog heraus und wälzte sich auf dem Boden, bis sie über und über mit Schlamm bedeckt war. So schmutzig konnte der Weihnachtsmann sie unmöglich vor den Schlitten spannen.

Als der Weihnachtsmann das Gehege erreicht hatte, staunte er nicht schlecht. Was war denn mit seinen Rentieren passiert? Das hatte er ja noch nie gesehen. Nach und nach schaute er sich die Rentiere an und strich sich nachdenklich durch den langen weißen Bart.

„Wie soll ich denn jetzt die Geschenke transportieren?", fragte der Weihnachtsmann laut vor sich hin. „Und das ausgerechnet heute, wo Weihnachten ist."

Die Rentiere wurden hellhörig. Weihnachten? Heute war Weihnachten? Das war heute Abend also gar keine Übung – es war tatsächlich schon Weihnachten. Die Tiere waren ganz aufgeregt. Darauf hatten sie sich doch schon das ganze Jahr gefreut!

Sofort sprangen alle Rentiere auf und rannten auf den erstaunt dreinblickenden Weihnachtsmann zu, schüttelten Stroh und Schlamm ab und stellten sich vor ihn hin. Strahlend und erwartungsvoll schauten sie den Weihnachtsmann an.

Dieser war verblüfft. Alle Rentiere schienen wohlauf zu sein. Der Weihnachtsmann überlegte kurz und hatte verstanden. „Ihr verrückten Tiere!", sagte er zu den Rentieren. Dann lachte er laut auf und begann, die Rentiere vor den Schlitten zu spannen.

Schon kurze Zeit später sah man den Schlitten durch die Lüfte sausen, gezogen von zufriedenen und glücklichen Rentieren und einem noch immer lachenden Weihnachtsmann.

24. Dezember

Andächtig schaute Maria auf das Jesuskind, das vor ihr in der Krippe lag. Sie lächelte ihr Kind an und blickte dann zu Josef herüber.

Dieser saß am Eingang des Stalles und beobachtete Maria.

„Findest du nicht auch, dass heute alles anders ist als früher?", fragte Maria Josef. „So vieles hat sich verändert."

Josef nickte zustimmend. „Ja, es hat sich sehr viel verändert. Aber zum Glück ist die Tradition, Weihnachten zu feiern, die gleiche geblieben."

„Na ja, auch nicht in allem", antwortete Maria. „Früher haben die Menschen ehrfürchtig zu uns in den Stall geschaut. Heute wird dabei geredet und gelacht und manche Menschen machen sogar Witze über uns. Ich finde, das Besinnliche an Weihnachten ist überwiegend verloren gegangen."

„Das stimmt natürlich. Da hast du recht", sagte Josef. „Manchmal schauen die

Kinder ja gar nicht erst in den Stall hinein. Meistens suchen sie nur noch nach ihren Geschenken und wollen ein Paket nach dem anderen aufreißen."

„Früher wurde vor dem Weihnachtsbaum wenigstens noch gesungen", sagte Maria und Josef nickte.

„Ja, ja, außerhalb des Stalles hat sich schon sehr viel verändert." Maria seufzte.

„Kannst du dich noch an die Jahre erinnern, an denen die Großeltern mit der Familie Weihnachten gefeiert haben?", fragte Maria. „Da haben die Kinder auf der Blockflöte gespielt und auch Gitarre. Und sie haben alle gesungen und zuerst den Weihnachtsbaum und dann uns bewundert. Waren das Zeiten! Es schien mehr Respekt zu geben."

„Nun ja", sagte Josef. „Sicher war es nicht immer nur harmonisch." Und er ergänzte: „Aber wir sollten uns nicht beklagen. Wir haben ja auch von den Veränderungen der heutigen Zeit profitiert. Zumindest von den technischen." Hierbei schaute er zu der kleinen Lampe, die den Stall erhellte.

„Weißt du noch? Früher hatten wir nur dieses kleine batteriebetriebene Lichtlein, das immer kaputt war. Da hatten wir doch meistens nur am Heiligen Abend Licht im Stall und ab dann standen wir im Dunkeln."

„Da hast du natürlich recht", sagte Maria zu Josef. „Und seit der Weihnachtsbaum mit elektrischen Kerzen und nicht mehr mit echten Kerzen beleuchtet wird, habe ich keine Angst mehr, dass der Weihnachtsbaum abbrennt und unser Stall obendrein."

„Ja, und die Wohnstube ist auch geheizt. Davon haben wir ja auch was. Früher war es in dem Zimmer ja immer kalt und wir haben sehr viel gefroren." Josef schaute aus dem Stall und betrachtete die Wohnstube, in der Weihnachten gefeiert wurde. „Das ist jetzt doch viel gemütlicher hier drin."

Maria stimmte ihm zu. So gesehen war es gar nicht so schlecht, dass sich einiges verändert hatte.

Aber irgendwie lag ihr doch noch etwas auf dem Magen. Josef spürte, dass Maria noch etwas zu ihm sagen wollte.

„Na sag schon!", ermutigte er Maria.

„Nun ja", sagte sie. „Mir gefällt es nicht, wie die Menschen über uns sprechen. Unser Stall ist doch nicht `cool` oder `stark`. Ich verstehe diese Begriffe überhaupt nicht. Kann man denn nicht die alten Ausdrücke beibehalten? Früher war unser Stall einfach nur `schön` oder `traditionell`. Das war doch auch verständlich."

Josef lachte. „Ja, das mit der Sprache ist mir auch schon aufgefallen. Aber irgendwie ist das doch auch witzig. Wir bleiben dadurch doch irgendwie modern."

Maria sah ihn fragend an. Sie schien wirklich Probleme mit den neuen Sprachgewohnheiten zu haben.

Nach einer Weile sagte Josef: „Tja, die Sprache hat sich eben weiter entwickelt. Ich habe auch schon gehört, wie die Hirten draußen anders sprechen als früher."

Maria schaute Josef fragend an. „Wie meinst du das?"

„Na sie sagen zum Beispiel: `Hallo Kumpel, was macht die Kunst?` oder `Nach dem Schafe hüten treffen wir uns zum relaxen am Lagerfeuer`"

Jetzt musste Maria lachen. „Das hat uns ja noch gefehlt", sagte sie. „Demnächst wird der Engel Gabriel singend und tanzend die Geburt des Jesuskindes verkünden." Josef grinste, begann plötzlich mit dem Kopf auf und ab zu wippen und begann zu rappen: „Umpf, Umpf, a king is born, yeah, yeah. Seht alle her, yeah, yeah, hier ist der King, yeah, yeah." Hierbei schnippte er mit den Fingern und klopfte mit dem rechten Fuß den Takt.

Maria lachte lauthals los.

„Umpf, Umpf, der King ist da. Umpf, Umpf, wir sind wieder da wie jedes Jahr." Josef war nicht mehr zu bremsen und wollte mit seinem Rappsong fortfahren. Doch dann schrie er kurz auf: „Autsch!" Er hatte sich den Hals verrenkt. Vor lauter Schreck fiel ihm kein Text mehr ein

und so sang er nur noch „Umpf, Umpf"
und schnippte weiter mit den Fingern.
Plötzlich musste er losprusten. Lachend
sagte er: „So lange der Engel Gabriel
keine elektrische Gitarre und keinen
Verstärker nimmt, um die Geburt des
Königs zu verkünden, kann er
meinetwegen auch rappen."

„Da kommen die Heiligen Drei Könige",
sagte Maria plötzlich, als sie aus dem
Stall blickte. „Was wollen die denn schon
hier?"

Die Heiligen Drei Könige betraten den
Stall. „Hey Leute, wir wollten einfach
schon mal abchecken, ob bei euch alles
im grünen Bereich ist. Wo ist denn das
Kleine?"

Das Kleine? Abchecken? Maria schaute
die drei erstaunt an. Sie war sprachlos
und deutete wortlos auf die Strohkrippe.
Auch bei den Heiligen Drei Königen hatte
sich also einiges verändert.

Diese gingen auf die Strohkrippe zu und
Melchior sagte melodisch zum
Jesuskind: „Happy Birthday, mein
Kleiner." Als er begann, `Happy Birthday

to you, Happy Birthday to you` zu singen, stimmten Caspar und Balthasar mit ein. Zunächst sangen sie das Lied dreistimmig und dann noch einmal im Kanon.

Maria verdrehte die Augen. Das durfte ja wohl nicht wahr sein. Sie wollte gerade etwas sagen, aber Josef gab ihr ein Zeichen, dass sie sich still verhalten möge.

Er ging zu ihr hin, nahm ihre Hand und sagte leise zu ihr: „Ist doch egal, wie die Leute Weihnachten feiern und wie sie das Jesuskind verehren. Wichtig ist doch nur, dass sie Weihnachten nicht vergessen."

Maria nickte und gab Josef recht. Auch wenn es ihr manchmal schwer fiel - die Zeit war eben nicht aufzuhalten.

Bibliographische Information der
Deutschen Nationalbibliothek: Die
Deutsche Nationalbibliothek verzeichnet
diese Publikation in der Deutschen
Nationalbibliografie; detaillierte
bibliografische Daten sind im Internet
über http://dnb.dnb.de abrufbar.

Herstellung und Verlag:
Bod – Books on Demand, Norderstedt

ISBN: 978-3-7460-3298-6